共和国故事

滨海明珠

——天津滨海新区开工建设

于 杰 编写

吉林出版集团股份有限公司

图书在版编目（CIP）数据

滨海明珠：天津滨海新区开工建设/于杰编.——

长春：吉林出版集团股份有限公司，2009.12

（共和国故事）

ISBN 978-7-5463-1860-8

Ⅰ．①滨…Ⅱ．①于…Ⅲ．①纪实文学－中国－当代Ⅳ．①I25

中国版本图书馆CIP数据核字（2009）第237698号

滨海明珠——天津滨海新区开工建设
BINHAI MINGZHU　　TIANJIN BINHAI XINQU KAIGONG JIANSHE

编写	于杰		
责任编辑	祖航　李娇　王贝尔		
出版发行	吉林出版集团股份有限公司		
印刷	三河市嵩川印刷有限公司		
版次	2010年1月第1版		2022年1月第8次印刷
开本	710mm×1000mm　1/16	印张　8　字数　69千	
书号	ISBN 978-7-5463-1860-8	定价　29.80元	
社址	吉林省长春市福祉大路5788号		
电话	0431-81629968		
电子邮箱	tuzi8818@126.com		

版权所有　翻印必究

如有印装质量问题，请寄本社退换

前　言

　　自1949年10月1日中华人民共和国成立至今,新中国已走过了60年的风雨历程。历史是一面镜子,我们可以从多视角、多侧面对其进行解读。然而有一点是可以肯定的,那就是,半个多世纪以来,在中国共产党的领导下,中国的政治、经济、军事、外交、文化、教育、科技、社会、民生等领域,都发生了深刻的变化,中国人民站起来了,中华民族已屹立于世界民族之林。

　　60年是短暂的,但这60年带给中国的却是极不平凡的。60年的神州大地经历了沧桑巨变。从开国大典到60年国庆盛典,从经济战线上的三大战役到经济总量居世界第三位,从对农业、手工业、资本主义工商业的三大改造到社会主义市场经济体制的基本确立,从宜将剩勇追穷寇到建立了强大的国防军,从废除一切不平等条约到独立自主的和平外交政策,从"双百"方针到体制改革后的文化事业欣欣向荣,从扫除文盲到实施科教兴国战略建设新型国家,从翻身解放到实现小康社会,凡此种种,中国人民在每个领域无不留下发展的足迹,写就不朽的诗篇。

　　60年的时间在历史的长河中可谓沧海一粟。其间究竟发生了些什么,怎样发生的,过程怎样,结果如何,却非人人都清楚知道的。对此,亲身经历者或可鲜活如昨,但对后来者来说却可能只是一个概念,对某段历史的记忆影像或不存在,或是模糊的。基于此,为了让年轻人,特别是青少年永远铭记共和国这段不朽的历史,我们推出了这套《共和国故事》。

《共和国故事》虽为故事,但却与戏说无关,我们不过是想借助通俗、富于感染力的文字记录这段历史。在丛书的谋篇布局上,我们尽量选取各个时代具有代表性或深具普遍意义的若干事件加以叙述,使其能反映共和国发展的全景和脉络。为了使题目的设置不至于因大而空,我们着眼于每一重大历史事件的缘起、过程、结局、时间、地点、人物等,抓住点滴和些许小事,力求通透。

历史是复杂的,事态的发展因素也是多方面的。由于叙述者的视角、文化构成不同,对事件的认知或有不足,但这不会影响我们对整个历史事件的判断和思考,至于它能否清晰地表达出我们编辑这套书的本意,那只能交给读者去评判了。

这套丛书可谓是一部书写红色记忆的读物,它对于了解共和国的历史、中国共产党的英明领导和中国人民的伟大实践都是不可或缺的。同时,这套丛书又是一套普及性读物,既针对重点阅读人群,也适宜在全民中推广。相信它必将在我国开展的全民阅读活动中发挥大的作用,成为装备中小学图书馆、农家书屋、社区书屋、机关及企事业单位职工图书室、连队图书室等的重点选择对象。

编　者

2010 年 1 月

目录

一、决策规划
中央指示建设天津滨海/002
天津决定建立滨海新区/007
温家宝提出加快新区建设步伐/015
胡锦涛视察天津滨海新区/018

二、开发建设
改革管理体制建设天津港/022
修建天津滨海立交桥/026
修建滨海新区海河大桥/031
塘沽区积极进行改造工程/035
修建新区沿海煤运码头/041
大港区强化环境设施建设/047
汉沽区进行生态城建设/056

三、招商引资
国内许多企业落户滨海/066
外商积极投资滨海新区/069
加快特大型工业项目建设/079
"空中客车"落户滨海新区/083

目录

　　滨海新区进行十大项目建设/087

四、加速发展

　　新区利用外资经济持续增长/092

　　滨海新区会聚各方英才/096

　　津台直航带来新商机/099

　　新区开发显示示范效应/102

　　成为中欧合作最佳连接点/112

　　加快发展生物制药产业/115

一、决策规划

● 江泽民强调:"滨海新区的战略布局思路很正确,把工业集中在这样一个新区,以战略和长远的构思发展新区,肯定大有希望。"

● 张立昌宣布:"用10年左右时间,基本建成滨海新区……这是天津市委、市政府作出的一项重大战略部署,是我们赢得竞争主动权的制胜一招。"

中央指示建设天津滨海

1986年8月21日，雨后的空气格外清新。邓小平一行在时任天津市市长李瑞环、副市长兼市委对外经济贸易工委书记李岚清的陪同下，乘车沿津塘公路前往位于塘沽的天津港和天津经济技术开发区视察。

天津市政府安排了天津港务局局长祝庆缘从市区上车，在车上为邓小平汇报天津港的改革情况。

邓小平听得很仔细。听完祝庆缘的汇报，邓小平十分高兴，他用一口浓重的四川口音感慨地说道：

人还是这些人，地还是这块地，一改革，效益就上来了。无非是给了他们权，其中最重要的是用人权。你们有了权，有了钱，情况就发生了很大的变化。

当天，邓小平还在李瑞环和李岚清的陪同下，参观了天津港的集装箱码头和集装箱机械化装船作业，邓小平赞扬了天津港集中财力优先引进管理人才和先进技术、不断创新管理的做法。

在路上，看到滨海地区路两边有大片的盐碱荒地，邓小平说：

你们在港口和市区之间有这么多的荒地，这是个很大的优势，我看你们的潜力很大，可以胆子大点，步子快点。

邓小平还说："你们准备向外国借 100 亿美元，有没有对象？可以多找一些国家。人家借给我们钱都不怕，我们怕什么？我向来不怕。10 年时间，有一两个地方，借百把亿美元，只要讲效益，有什么危险？200 亿也没有什么了不起！"

邓小平在天津的重要谈话，使天津广大干部进一步解放了思想，更新了观念，拓宽了思路，从而加快了天津市对外开放的步伐。

1986 年，国务院批复：

要把天津建成拥有先进的综合性工业基地，开放型、多功能的经济中心和现代化的港口城市。

天津历史上曾是名副其实的北方经济中心，但在改革开放以后，天津要重塑北方经济中心的形象，建成现代化港口城市，离不开滨海新区的建设和发展。

早在 1984 年 12 月 6 日，天津经济技术开发区就正式成立，这是国务院批准的首批沿海城市开发区之一。

天津经济技术开发区撑起了滨海新区的脊梁。凭借着开发区人的智慧，借贷开发、滚动开发、融资划片开发，这几种开发模式开辟出天津独有的发展模式，打出了自己的一片蔚蓝天空。

1984年至1989年的起步阶段，天津开发区依靠国家3.7亿人民币贷款，初步完成了3平方公里的起步工业区和1.2平方公里生活区的"七通一平"。

天津滨海新区地处天津东部临海地区，新区包括天津港、天津经济技术开发区、天津港保税区、滨海新区等，规划面积350平方公里。

1989年至1991年的发展阶段，随着第一阶段项目的开工投产和新项目的不断进入，开发区有了自己的土地费用和财政收入。

到1992年，开发区靠自身的资本积累已具备了每年开发一平方公里的开发能力，稳扎稳打、步步为营，形成了"滚动开发模式"。

1992年，邓小平发表南方谈话，掀起中国对外开放又一次高潮。此时的开发区利用外资的总体水平发生了质的飞跃，数量大幅增加，规模大幅提高。

当时，包括塘沽、汉沽、大港3个市辖区和津南的部分区域以及经济技术开发区、保税区、海洋高新技术园区、天津港在内的天津滨海新区，经过几年的开发已有较大发展。

新区有背靠京津、面向渤海和东北亚的独特区位优势，陆域面积广阔，海陆空交通网络发达，城市基础设施和以石油海洋化工为重点的工业体系初具规模，又是天津对外开放政策最优惠、最集中的地区。

1993年春，天津市领导提出"双向推进、重点东移"的战略构想，坚持一手抓新的经济生长点，加快滨海新区的发展；一手抓老城区、老企业改造，以老养新，以新带老，交替发展。

1994年12月，江泽民总书记来天津考察，对天津市委、市政府确定的"三五八十"阶段性奋斗目标印象很深。

江泽民对时任天津市长张立昌说："为了加快天津发展，看准了就坚定信心干下去。"

1997年，国务院对天津的定位是：

> 天津是环渤海地区的经济中心，要努力建设成为现代化港口城市和我国北方重要的经济中心。

1999年10月，江泽民第三次来天津考察。滨海新区的战略布局引起江泽民浓厚兴趣，特别是在滨海新区实地考察后，江泽民笑容满面，频频点头。

江泽民强调：

> 滨海新区的战略布局思路很正确，把工业集中在这样一个新区，以战略和长远的构思发

展新区，肯定大有希望。

2000年初，天津市政府提出，努力把塘沽建设成为高度开放的现代化港口城市标志区、滨海新区综合服务功能区、外向型经济和新兴产业聚集区。

天津滨海新区的跨越式发展是经济的跨越式发展，是城市空间的跨越式发展，同时也是城市文化的跨越式发展。

有专家研究说：东北亚地区已经形成了三大城市带，一是以日本东京、大阪为代表的东京—大阪城市带；二是以首尔、仁川为代表的首尔—仁川城市带；三是以北京、天津为代表的环渤海地区城市带。

这3个城市带构成了东北亚经济链中的3个重要环节，形成了梯形相接、互补性很强的3个层次，也为京津城市带的发展创造了极为有利的条件和机遇。以天津独特的优势与巨大的发展潜力来看，天津将有能力承担中国北方经济中心的使命。

在这个使命中，滨海新区将是一个不可替代的"股肱重臣"。

为此，天津市委、市政府于2000年9月8日，对滨海新区管理体制进行了重大调整，决定组建市委滨海新区工委和滨海新区管委会，分别作为市委、市政府的派出机构。

这为进一步理顺关系、统一步调，充分发挥新区组合优势，奠定了良好的组织基础。

天津决定建立滨海新区

1994年3月,市长张立昌代表市委、市政府在天津市第十二届人民代表大会第二次会议上郑重宣布:

用10年左右时间,基本建成滨海新区。

张立昌的建议,得到了全体与会代表一致通过。

同月,张立昌市长在天津市第十二届人民代表大会第二次会议上所作的政府工作报告中,进一步阐明了滨海新区建设目标:

要经过10年左右的开发建设,使新区国民生产总值和出口创汇都占到全市的40%以上,随着这一目标的逐步实现,就可以为老企业创造休养生息、焕发青春的条件;就可以形成以老城区支持新区,以新区带动老城区,新老并举,共同发展的局面。

10年基本建成滨海新区,是天津市委、市政府作出的一项重大战略部署,是我们赢得竞争主动权的制胜一招。

"滨海新区"这四个字在天津的史书中查不到。这四个字代表着一个改革开放的全新观念，代表着天津发展的战略目标的一个重要组成部分，也为未来的10年画出一个面向21世纪的高度开放的现代化经济新区。

为加快滨海新区的建设，天津市决定把起步高的新项目往这里摆，市中心一些老企业也逐步向这里调整。重点开发高技术、高档次、高附加值的产品，使滨海新区的资源得到优化配置。

早在1985年，在天津市第十届人民代表大会第三次会议上，市长李瑞环就提出了"一条扁担挑两头"的构想，即"整个城市以海河为轴线，改造老市区，作为全市的中心，工业发展重点东移，大力发展滨海地区"，并"开辟海河下游新工业区""建设发展滨海新区"。

在此基础上形成的《天津城市总体规划方案》，于1986年8月4日获国务院原则批准，并作了八点批复，强调天津市工业发展的重点要东移，要大力发展滨海地区，逐步形成以海河为轴线，市区为中心，市区和滨海地区为主体的发展格局。

大的方略确定，大的发展要靠自己。大的发展契机就在眼前，大的机遇已与我们擦肩。

在改革开放的大格局下，"敢冒风险抓机遇，困难面前争主动"这14个字读起来顺口，说起来铿锵，做起来却谈何容易！抢抓机遇是一种风险，困难面前不是等靠要，要主动去解决。

这就是先任市长、后任市委书记的张立昌对滨海新区一班人的要求。

张立昌说:"为什么要这样,因为新的经济增长点在这里,跨世纪的希望在这里;因为在这10年里,要达到'南有上海浦东,北有滨海新区'这个大目标!"

1993年,新一届政府上任伊始,就对滨海新区予以极大的关注,在市政府研究滨海地区总体发展规划的会议上,市长张立昌就提出了力争10年把滨海新区建成以高科技、外向型为主导,重化工为基础,商贸金融协调发展的综合性新经济区。

1993年下半年和1994年,新一届政府在天津掀起了招商引资的狂潮,在全国形成了一股"天津旋风",在东南亚、在欧美,天津成为外商们投资的又一亮点。

1993年12月7日,张立昌在韩国首尔举行的"天津在韩国投资环境说明会"上说:"今年7月,本届市政府组成后,我带领全体副市长首先召开了外商投资企业外方经理座谈会,认真听取了在天津投资的各国朋友的意见。我签发了本届市政府发布的第一号令,即《天津市提高外商投资企业审批工作效率的若干规定》。"

1994年2月12日,市政府成立实现4项目标领导小组及第一、二、三、四分组,第四分组又称天津市滨海新区领导小组,组长李盛霖,常务副组长叶迪生,副组长王德惠、辛鸿铎。

天津市民明显地感到新一届政府一股先声夺人的态

势，而同时，滨海新区的领导班子也首先感到了自身的压力。

因为天津市已明确，作为改革开放最前沿的滨海新区，在未来的10年时间里，要以天津港、开发区、保税区为骨架，现代工业为基础，开放型经济为主导，商贸、金融、旅游竞相发展，形成一个基础设施配套、服务功能齐全、面向新世纪的高度开放的现代化经济新区。

2月16日，滨海新区领导小组召开第一次全体会议，会上成立了滨海新区领导小组办公室，会议部署了滨海新区有关规划编制任务。

3月2日，天津市第十二届人民代表大会第二次会议通过了"三五八十"阶段性奋斗目标，确立了用10年左右的时间基本建成滨海新区的跨世纪发展战略。

谁能料到，这一片普普通通甚至荒凉的土地上，竟蕴藏了这么大的经济发展潜能，竟有这么大的前所未有的发展契机。

当时，对于天津人来说，"滨海新区"还是一个新的概念；天津建设滨海新区堪称天津市委、市政府的改革开放、跨越式发展浓墨重彩的一笔。

日月如梭，编织着时间的经纬线，沿着这纵横交织发展的经纬线，我们看到滨海新区一步又一步扎实的脚印。

副市长、滨海新区领导小组常务副组长叶迪生说："我们一班人很兴奋，感到新一届的政府大胆求新务实。

对滨海新区的定位不仅准确，而且为后来国务院对天津的定位有很大的作用。"

滨海新区不负众望，一班人在"用 10 年左右的时间基本建成天津滨海新区"的发展战略引导下，默默苦干。

1995 年 1 月 11 日，张立昌市长会见了美国科尔中国公司总经理凯·孟开希和美国通用仪器公司全球生产部总裁尼尔森先生一行。

凯·孟开希说："去年底张立昌市长在国际企业发展年会上发表的演讲十分成功。在欧洲和美国大企业中引起强烈反响……我们走遍了中国的开发区，大家一致认为天津开发区的投资环境是最好的。"

张立昌毫不掩饰地说："天津开发区已成为全国最好的投资地区，它和保税区一起，成为天津对外开放的一面旗帜和天津 21 世纪最有希望的地区之一，必将推动滨海新区的加快发展。"

1996 年，以"96 环境年"为行动纲领的持续努力，已悄悄改变着这里的面貌。60 万平方米的泰达公园已经兴建，宽 150 米的绿化带已融入 2500 米长的主干道两旁，全区铺草植树已达百万平方米。这些举目可见的绿色来之不易，开发区的创业者们在盐碱滩涂上通过排水洗碱等技术手段创立花香草绿的美，受到全国绿化委员会的表扬。

同时，在双语制国际学校的琅琅书声中，在泰达国际超市的兴旺交易中，在泰达国际会馆的欢声笑语中，人们更会发现,这里在投资环境、城区环境、人文环境建设上,正在全方位地推进。

　　这里提到的"泰达"是天津经济技术开发区的英文名称缩写"TEDA","泰达"是其音译。

　　天津开发区艰苦创业于盐碱荒滩,从一开始,就着力形成两个文明相互促进的局面。

　　全区坚持发展健康、科学、高层次的项目建设,严禁一些投机商带来的弊大于利、低层次的东西。截至1996年上半年,已累计批准外商投资企业2656家,在全国各开发区10项经济指标考核中,8项居第一,两项第二,已形成的电子、生物工程、机械、食品四大产业群,其工业规模、科技含量、市场占有率在全国处于领先地位。

　　犹如天津开发区当年在盐碱滩上起步时,一些人不免有所疑虑一样,一开始也有人对滨海新区的设想感到困惑。

　　但两年过去后,人们看到,在这片盐碱滩上竖起了一道亮丽的风景线。

　　到1995年底,滨海新区建成面积近125平方公里,累计签约"三资"企业达6112家,占全市的65%;国内生产总值达41.6亿元,占全市的26.3%;口岸进出口总值217亿美元,约占全国的十三分之一。它名副其实地成为天津的"摇钱树"和新的经济增长点。

　　更为引人注目的是,全球100家大的跨国公司有60

家来滨海新区投资。美国摩托罗拉已投资10亿美元，1995年创下销售收入74亿元人民币、出口额3000多万美元的佳绩。

3年过去了，滨海新区基础建设已投资60亿元，它使天津港、开发区、海河下游工业区之间优势互补，形成一个过去没有的整体优势。

在滨海新区办公室周密筹划的投资亿元以上的十大基础设施项目中，津滨高速公路已进入实质性运作，投资2.8亿元的彩虹大桥业已开工，应邀前来的加拿大专家正在紧锣密鼓地编制滨海新区战略管理信息系统。

滨海新区奏响了中国北方崛起的进军号。

到1999年，经过5年的开发建设，滨海新区已经成为天津市最大的经济增长点。

1999年9月，张立昌在开发区、保税区调研时强调："面对激烈的市场竞争，我们必须以创新的精神，千方百计做好开放这篇大文章。"

历史的脚步跨进21世纪，一条牵动东北亚地区经济的"巨龙"，正跃起在环渤海中心地带的一片热土上。紧紧抓住历史机遇而奋勇前进的这条"巨龙"，就是崛起的天津滨海新区。

天津人民根据本地实际，选择区位条件良好、经济要素齐备、发展潜力巨大的区域进行整合开发，使其成为天津具有聚集效应，对周边地区产生吸引力和辐射力的现代化工业基地，从而增强"入世"后的竞争实力。

2001年11月15日，天津港货物吞吐量冲刺亿吨的目标提前实现，一跃成为我国北方的第一个亿吨深水大港。

实施"十五"计划第一年，以天津港、天津经济技术开发区、天津港保税区为骨架的天津滨海新区依托三北腹地，先导、辐射效应进一步强化，天津10年建成滨海新区的宏伟蓝图已凸现出基本的轮廓。

2001年11月17日，《人民日报》以一版头条"十五开篇"刊登《天津扎实苦干建设滨海新区》的报道，并配发了编辑点评。点评说：

> 10年建成滨海新区是天津市委、市政府作出的战略构想，天津人民为此扎实苦干7年，取得可喜的成就……

温家宝提出加快新区建设步伐

2005年3月6日下午,中共中央政治局常委、国务院总理温家宝参加了在人民大会堂天津厅举行的十届全国人大三次会议天津代表团全体会议,与代表们一起审议政府工作报告。

15时,当温家宝步履轻捷地走进人民大会堂天津厅的时候,全体代表起立鼓掌。温家宝一边拍着手回应,一边笑着问大家:"你们听听,我的乡音改了没有?会听的能听出来,我乡音未改。很想念大家。"

中共中央政治局委员、市委书记张立昌,市委副书记、市长戴相龙,市委副书记刘胜玉参加审议。

代表团团长、市委副书记、市人大常委会主任房凤友主持会议。

会场气氛十分活跃,代表们踊跃发言,他们紧紧围绕政府工作报告,联系天津改革发展的实际,就推进经济社会协调发展、规划和建设好滨海新区、构建社会主义和谐社会等问题发表了意见和建议。

温家宝仔细听取代表们发言,认真记录发言要点,并不时插话,了解有关情况。

大家鼓掌欢迎温家宝讲话。他话语恳切地说:"如果要说我现在的心情,就是形势稍有好转,尤需'兢慎'。

'兢'就是兢兢业业，'慎'就是谨慎，不可有丝毫的松懈。"

温家宝对天津市近年来的经济社会发展，特别是滨海新区的快速崛起表示充分的肯定。他说：

> 这些年来，天津发展取得了很大成绩，发生了翻天覆地的变化。这是市委、市政府正确领导的结果，是全市人民共同努力的结果。天津的亮点很多，有许多事情做得很不错，比如教育卫生、社区建设、危陋平房改造等。这些工作都关系到群众的切身利益，是坚持立党为公、执政为民的具体体现。

温家宝非常关心我国东部地区经济的发展，在谈到东部地区的重要作用时，他说：

> 东部地区的发展，在全国总体发展战略中占有重要地位，对于带动中西部地区的发展也有重要作用。东部地区加快发展依然具有优势和潜力，要在落实科学发展观、推进改革开放、优化经济结构、转变增长方式、构建和谐社会等方面走在前面，率先基本实现现代化，并为全国的发展继续提供财力、物力、人才支持和宝贵经验。

温家宝联系滨海新区与长江三角洲、珠江三角洲以及环渤海地区的共同发展提出一些指示，他说：

长江三角洲、珠江三角洲和环渤海地区区位优势明显，发展潜力很大。天津滨海新区开发，不仅关系天津的长远发展，而且对于振兴环渤海区域经济有着重要作用。要认真研究发展规划，统筹兼顾，合理布局，加快建设步伐，促进全面协调可持续发展。

张立昌最后说：

温家宝总理带着深厚的感情听取大家的发言，并作出了重要指示，这对我们是巨大鞭策和鼓舞。特别是提出了滨海新区发展的战略性要求，对于我们规划和建设好滨海新区，具有重要意义。我们一定要认真贯彻落实，实现天津更快更好地发展。

胡锦涛视察天津滨海新区

2005年10月1日,中共中央总书记胡锦涛到天津视察。

当时正是建国56周年之际,还有一周,党的十六届五中全会就要在北京召开。这次会议的中心议题,就是审议《中共中央关于制定国民经济和社会发展第十一个五年规划的建议》。

9月29日,胡锦涛刚在北京主持召开的中共中央政治局会议上,讨论了四中全会以来中央政治局的工作,研究制定国民经济和社会发展第十一个五年规划的建议等问题。会议决定,中国共产党第十六届中央委员会第五次全体会议于10月8日至11日在北京召开。

将要召开的党的第十六届五中全会和制定"十一五"规划纲要,对于我国的经济建设非常重要,对于天津滨海新区的开发开放也非常重要。"十一五"规划建议中那段关于天津滨海新区纳入国家战略的关键性的表述能否通过,怎样表述,对于天津来说有着不一般的分量。

所以,胡锦涛在党的十六届五中全会召开前夕,选择在国庆56周年之际到天津来,显然不是随意而来的,而是兼有视察和调研的双重用意。

胡锦涛这次轻车简行,只带了中共中央政治局候补委员、中央书记处书记、中央办公厅主任王刚随行。

在中共中央政治局委员、天津市委书记张立昌和市长戴相龙等陪同下，胡锦涛考察了滨海新区，先后到天津钢管集团有限公司、中新药业现代中药产业园、天津港五洲国际集装箱码头有限公司等单位，慰问了生产一线的干部职工，对他们在节日期间坚守工作岗位给予赞扬，并祝他们节日愉快。

胡锦涛十分关心天津滨海新区的发展，在听取开发建设情况汇报后，对滨海新区取得的发展成就感到高兴。

胡锦涛说："经过10多年的开发，你们已经把当初的这样一个盐碱荒滩，建设成为了一个初具规模的滨海新区，尤其是现代制造业和高新技术产业发展迅速。现在滨海新区已经是天津最大的经济增长点，对于推动天津乃至环渤海地区的发展都发挥了重要的作用。我为同志们取得的成就感到高兴。"

胡锦涛指出：

> 为了实现全面建设小康社会的宏伟目标，必须统筹区域发展。要推动全国一些条件较好的地区加快发展，以带动区域发展，这个意义是深远的。
>
> 党的十六届五中全会即将召开。当前我们国家发展的形势很好，这种形势为滨海新区的发展创造了良好的环境和条件。天津滨海新区

处于环渤海地区的中心地带，又是联系南北、沟通东西的一个重要枢纽，是我们国家对外开放的一个重要通道，综合优势突出，发展潜力巨大。

胡锦涛说："因此，我希望同志们一定要牢牢把握难得的发展机遇，坚持把科学发展观落实到开发建设的整个过程和各个方面，不断增强创新能力、服务能力和国际竞争力，把滨海新区建设成为依托京、津、冀，服务环渤海，辐射'三北'，面向东北亚的现代化新区。"

胡锦涛对天津滨海新区的工作提了几条具体要求：

1. 要进一步做好规划工作，科学确定功能定位、产业布局、交通体系和综合配套措施。

2. 要进一步调整经济结构，转变经济增长方式……

3. 要进一步增强自主创新能力，加速科技成果向现实生产力转化……

4. 要进一步加大节约资源和保护环境的工作力度。

5. 要进一步推进改革开放，创新体制机制……

二、开发建设

● 张立昌说:"努力使天津发展更快一些,城市变化更大一些,群众收入更高一些,是老百姓的愿望,也是我们的责任。"

● 周久扬说:"你们做的神华煤炭码头工程,面平线直、赏心悦目,我们验收工程就像是在欣赏一件艺术品!"

● 何立峰指出:"要在保持经济又好又快发展的同时,大力发展各项社会事业,关注民生,促进和谐。"

改革管理体制建设天津港

1984年5月30日,国务院批准了天津市关于天津港的改革方案。

当天的《人民日报》《天津日报》都在头版头条发表了这条消息。《天津日报》用特别醒目的特大字号的标题登载了经党中央、国务院批准天津港实行管理体制改革的消息。消息不足千字,但是一时间却轰动全国。

根据改革方案,从1984年6月1日开始,天津港在我国沿海港口中率先实行"双重领导、地方为主"的行政管理体制和"以港养港、以收抵支"的财政政策,由交通运输部管理下放到天津市管理。

此外,天津市政府也将交通运输部给予天津市的管理权全部下放给港口,政府不截留。

在20世纪六七十年代,世界港口航运业进入了集装箱时代。天津港是在1973年第一次接卸集装箱船的,这在全国还属于先行者。

进入港口的集装箱船,是一个很新鲜、很奇怪的新生事物。这艘名为"渤海一号"的集装箱船只装载了87个集装箱。

在当时,这已经很了不起了,引来了许多人参观、拍照。天津港人就是从这里看到了集装箱运输的前景。

将来的港口运输，必然要走大型化、集装箱化的路子。

1978年10月，丹麦专家一行7人，用了将近一个月的时间，对天津港21段的集装箱专业码头的设备配置、装卸工艺、集装箱半自动跟踪程序、堆场仓库布局、码头管理体制和机构定员配备等，进行了规划和设计。在丹麦专家的帮助下，较好地解决了我国集装箱运输在起步阶段所遇到的许多技术难题。

1980年4月1日，我国第一座现代化程度最高、整体规模最大的集装箱专业公司在天津港正式成立。集装箱运输在天津港悄然兴起。

天津市派出7人港口技术考察组对神户港、横滨港、东京港、姬鹿港进行实地考察，取得了可靠的技术资料，包括关于集装箱码头泊位安排、吞吐能力、平面布置、装卸工艺、机电设备、附属建筑、生产控制系统、集装箱品种及规格、冷藏箱设施等。

考察组拿出了《天津市港口技术考察组赴日本考察报告》，并提出了《天津港集装箱泊位建设》的报告，充分吸取了神户港口的经验，修改了原定方案。

港务局会同设计院对原设计进行多处修改，并增加空箱堆物、冲洗物和冲洗设备，从而加快了建设进度，节约了大量人力、财力、物力。

1989年，天津港具备了接卸第三代集装箱船的能力。1994年，第四代集装箱船"珍河"轮首航天津。1997年，时任全国人大常委会副委员长的陈慕华在天津为第五代集装箱船"鲁河"轮首航剪彩。

2001年8月,世界上最先进的载箱量最大的第六代集装箱船"地中海法米娅"轮首航天津。这一个个不断刷新的纪录,使天津港很快成为我国北方的集装箱枢纽港。

伴随着天津滨海新区的快速发展,天津港作为对外往来的重要门户,海上航线日益丰富,越来越多具有重要意义的新航线陆续开通。

在地图上,连接天津港与世界各地的航线变得越来越密集,与此同时,区域发展带来的各种各样的航运需求也正在逐步得到满足。

滨海新区经济的快速发展,对港口的运输能力提出了越来越高的要求。为适应形势发展的需要,天津港港口航线不断增多,连接区域逐渐扩大,货物吞吐能力不断增强。

从1997年到2002年,在交通运输部规划院的协助下,天津港进行了又一次规划修编,在港口功能上向物流基地转化。这是全国第一个通过修编的港口规划。

根据重新修订的《天津港总体规划》,天津港此后的发展目标是:努力建设成为中国综合运输体系的重要枢纽和沿海主枢纽港、能源物资和原材料运输的主要中转港、北方集装箱干线港和发展现代物流的重要港口、京津及华北对外贸易的重要口岸。

滨海新区被纳入国家整体发展战略部署后,为天津港迎来了重要历史发展机遇。

为适应新的定位，天津港及时调整发展战略，提出了新的发展目标：在开辟发展空间上下功夫，使天津港由港口运营商提升为港口开发商；在开辟新业务上下功夫，使天津港由港口装卸服务提供商提升为国际物流供应链综合服务提供商；在资本运作上下功夫，使天津港成为港口行业和运输行业的投资商；在天津港集团国际化上下功夫，使天津港集团提升为国际港口运营商。

2005年6月26日，温家宝总理视察滨海新区的时候，做了一个很重要的讲话，也打开了天津港的发展思路。随着滨海新区正式纳入国家发展战略，天津港也踏上了与滨海新区同步发展、快速发展的新里程。

修建天津滨海立交桥

2001年6月21日,天津滨海立交桥建成通车。这座总投资5.2亿元,占地30多公顷的立交桥,位于天津开发区与塘沽区相邻的史家庄地区。

滨海立交桥全桥为3层苜蓿叶互通式特大型立交枢纽,全长5.87公里,由A、B两条主干道,9条匝道和两座人行天桥组成,双向4车道,桥面宽18米,最宽处37.4米。

滨海立交桥的通车,不仅成为沟通天津市塘沽区与经济技术开发区的交通通道,也对实现这一地区的大交通格局有着重要作用。

1998年9月,滨海立交桥正式动工兴建。

天津滨海立交桥位于塘沽区中心地带,东距天津港约8公里,北起天津开发区黄海路,南至塘沽区新华路和大连道、解放路、洋货市场等繁华地段,东接进港干道,将塘沽区、开发区、天津港连为一体。

全桥建筑面积8.8万平方米,其中,桥梁面积7.8万平方米,主桥最宽处37.4米,最高墩20米,引桥面积9402平方米,桥下12万平方米的绿化工程,总投资近5.2亿元。

路心分离黄线上,每隔数米都有一颗浅黄色夜明标志，路两边全部安装高杆无线路灯。

整座桥横跨京山及地方铁路线11条，穿过天津碱厂和老城区的稠密民宅。

桥下辟建了12万平方米的绿化广场，由雕塑群、森林公园和休闲漫步区组成。公园内建有一座体表面积3万平方米的假山和一个人工湖，为宏伟的立交桥增添了一道亮丽的风景线。

滨海立交桥由于地处洋货市场繁华地段，地面车辆穿行频繁，地下管道星罗棋布，所属地质又是渤海湾软土地带，且穿越11条铁路线、两条公路干线、9条通道，施工地质和施工环境非常恶劣。

承建单位中铁十八局五处针对该工程工期紧、工程量大、结构复杂、技术和质量要求高等特点，广泛采用新技术、新工艺，牢固树立"开工必优、一次成优、全面创优"的精品质量意识，严格按照IS9002标准施工，使大桥主体工程内实外美，经业主检验，分项工程合格率为100%，优良率达95%以上。

2001年6月20日上午，张立昌、李盛霖、王文华和王德惠等市领导，察看了即将竣工的立交桥，向工程建设者表示亲切慰问，并和在场的群众亲切交谈。

张立昌说：

> 建党80年来，特别是改革开放20多年来，天津发生了翻天覆地的变化，我们每项事业的

成功都是在党的领导下，认真贯彻全心全意为人民服务宗旨的结果。努力使天津发展更快一些，城市变化更大一些，群众收入更高一些，是老百姓的愿望，也是我们的责任。天津各方面要乘势而上，加快发展，把天津建设得更加美好。

20日10时，滨海立交桥桥头彩旗招展，鲜花盛开。恢宏壮观的立交桥，像几条交错腾越的巨龙，横跨在11条铁轨的上方。

桥下新建的红三角广场碧草茵茵，流水潺潺，在场的群众敲起欢快的锣鼓，一支老年秧歌队正在翩翩起舞，一些市民早早来到立交桥旁。在花草、雕塑、假山、假石和湖水等景观映衬下，整个广场像一片美丽的城市花园。

张立昌、李盛霖等市领导认真察看立交桥的建设情况，与参建人员一一握手，亲切交谈。

在听取塘沽区负责人的汇报后，张立昌对工程的进度、质量给予充分的肯定。他说："滨海立交桥的建成，不仅明显改善了城市交通状况，而且为老百姓提供了一个优美的生活环境，创造了把重点工程建设和改善生活环境相结合的经验。这项工程从设计、建筑到管理，体现着千方百计为人民谋利益的宗旨意识，体现着市委提出的'新三件事'的具体内容。"

张立昌指出：

认真实践党的宗旨，全心全意为人民谋利益，是我们一切工作的根本出发点和落脚点。

这些年，我们坚持一切为了人民的基本工作思路，坚持想问题、定政策、办事情始终着眼于中低收入的大多数群众，赢得了广大群众的拥护和支持，经济和社会各方面取得了巨大的进步。在新的起点上，我们又适时提出了增加群众收入、改善生活环境、提高文化品位的新三件事。改善城市交通状况，是提高载体功能，加快经济发展，提高人民生活质量的重要途径。

各单位、各部门要按照建设国际港口大都市的要求，千方百计创造条件，大力拓宽融资渠道，高标准搞好城市建设，为加快发展、造福百姓作出新的贡献。

李盛霖在讲话中指出：

滨海新区作为天津发展的重要区域，要按照总体规划继续抓紧抓实，实现经济、社会和城市建设共同进步。滨海立交桥的建设体现了新三件事的要求，希望进一步完善好，管理好，

  保护好，使之发挥最佳的经济效益和社会效益。

  滨海立交桥犹如一只美丽的荷花镶嵌在津门大地上，为古老的天津添就了又一道美丽的风景，也为伟大的中国共产党成立 80 周年献上了一份特殊的生日礼物！

修建滨海新区海河大桥

2004年5月10日上午,位于天津市滨海新区的海河大桥宣布竣工,具备通行条件。这是天津市规模最大的跨海河大桥。

早在2001年,为了缓解中环线交通压力,促进城市交通事业实现跨越发展,天津市决定,"十五"期间建设东南半环快速路。

作为打通东南半环关键部分的海河大桥工程率先启动,由市政设计院设计的跨海河组团互通式立交桥建设所需的6亿多元已经到位。

海河大桥工程位于天津市塘沽区东沽海防路以西,海河大桥收费站西南侧原水产局副1号排泥场,总面积25.4万平方米,平均深度12米,最深点达16米,填方总量272.97万立方米,合同工期为11个月。

市政工程设计院有关设计者介绍,海河大桥为组团互通式立交桥,其整体设计突出以人为本的理念。尤其是海河两岸引桥段的人行过桥横梯将使用自动扶梯,使行人过桥更轻松。

大桥总面积6.4万平方米,桥型为曲线弯桥,设计标准为城市主干道,双向6车道,每小时可通车一万余辆。

由于海河大桥河西区一侧路况极其复杂，立交引桥采取了多点三层互通立交式的设计方案，使车辆上下桥方便自如。

海河大桥工程分两期施工。2001年8月底进行第一期工程的前期准备工作，第一期工程计划于2002年年底建成通车，其余工程在3至5年内完成。

海河大桥及东南半环快速路建成后，将极大地解决交通紧张局面，促进天津市的经济发展。

2002年8月，承担海河大桥建设电力配套改造的城东供电分公司，顺利完成35千伏双回架空线入地改造工程，为大桥如期竣工奠定了基础。

在新建海河大桥35千伏架空电缆改造工程中，城东供电分公司精心组织施工，严格控制停电时间，顺利完成了约一公里的双回架空线路改造。

2003年9月，海河斜拉特大桥主跨合龙。该斜拉桥为桥塔、缆索和主梁共同受力的新型桥梁。该桥是丹拉高速公路支线天津南段工程的关键结构物。

海河大桥创我国北方地区建桥多项历史之最：承台体积最大；主跨跨径最大，跨径达364米；主梁单位块件施工时间最短，6.8米长的一个块件施工周期仅为7天；技术含量最高，采用一系列新技术、新材料、新结构、新工艺。

2003年11月，海河大桥绿化工程竣工，总面积达两万多平方米，通过合理搭配植物品种，栽植云杉、龙柏、黄杨、女贞、小檗等常绿树木和月季、荷兰菊等花卉，突出了植物色彩和层次的变化，达到三季有花、四季常绿的效果。

改造工程是2003年市重点工程之一，全长1.5公里，绿化工程面积3万多平方米，沿岸栽植多种乔木、常绿和花灌木，采用大叶黄杨、金叶女贞、紫叶小檗组成模纹图案，增强了绿化景观效果，同时堆山造景，新建美观新颖的六角亭，人们既可远观其景，又可近游其间。

2005年7月3日上午，天津市海河办发布消息，海河光华桥至海河大桥堤岸景观设计方案确定，此段海河堤岸及道路将更加突出景观效果，尽情展现海河迷人的风情。

此段海河堤岸景观设计总面积40.8万平方米。设计以现代简洁手法，满足多方面功能要求。

在河道相对较宽地点安排重点休闲场所，如公园、广场等，并配置小型广场、浮动水上平台、亲水台阶、售货亭等其他景观元素，可满足各种庆祝活动、休闲活动、商业娱乐活动等需求。

在南岸道路人行道与滨水道路的过渡部分，规划设计为放置雕塑的场地、公共汽车的候车空间等，伸在水里的柱阵成为吸引人们停驻的趣味化空间。

堤岸东北部海河大桥处，北临居住区，将建设一处自然生态公园，公园空间向河面、道路、桥开敞，大片的草地将为人们提供休闲运动的空间。

为充分考虑亲水活动需求,水边还建有垂钓和游船停靠的设施。

海河大桥工程原设计工艺为传统真空预压方法,工程中标后,十五局集团七公司结合现场实际情况,针对天津塘沽地区地质情况的复杂性和工期紧等特点,经多方调查论证,决定从工艺方案上有所创新和突破。

他们同天津市填勘滨海工程技术有限公司进行技术合作,经过模拟试验、数据收集、科研分析等几个阶段,最终研发出水平管辐射真空预压排水固结系统,该系统采用辐射井排水技术,可在原设计工艺基础上提高功效20%,在国内同类施工中属领先工艺。

在当时,全国荒芜的沿海滩涂达200多万公顷,有计划地将改造滩涂与清淤疏浚结合起来,合理吹填造地,是解决中国土地紧缺、缓解城市发展用地紧张的重要举措之一。

海河大桥吹填预压工程是塘沽区海河南岸开发的大型基础性工程,工程完工后,将为天津市提供大量有效城市开发建设用地。

2007年8月,由中国铁建十五局集团七公司承建的天津海河大桥吹填预压工程主体告竣。

大桥建成后,这里可以规划出一个大型、高档的住宅区。

塘沽区积极进行改造工程

2006年4月7日，由法新社、共同社、美国《华尔街日报》、俄罗斯国际文传电讯社、西班牙埃菲社、韩国广播公司、印度报业托拉斯等14个国家和地区，26家驻京新闻机构33名记者组成的庞大记者团对天津滨海新区进行了考察和采访。

在塘沽的采访中，外国驻京新闻机构记者重点了解了塘沽区的社区卫生建设情况。

随着滨海新区纳入国家总体发展布局，滨海新区的开发开放已经成为全球媒体的关注热点。

这是天津市外办连续第六年组织外国驻京记者来津集体采访，国际主流媒体纷纷参加此次采访活动。这表明，随着滨海新区开发开放列入国家"十一五"规划以及天津市发展进入历史新阶段，在国际舆论领域具有影响力的西方主要媒体越来越关注滨海新区的发展现状和前景。

外国驻京新闻机构记者首先来到向阳街道卧龙园社区卫生服务站，通过对这个服务站的采访，了解塘沽社区卫生服务发展的历史、现状、今后发展目标以及发展过程中遇到的困难，总结出的经验。

在采访现场，外国驻京新闻机构记者纷纷向向阳街道社区卫生服务中心、卧龙园社区卫生服务站的负责人了解有关情况，原定40分钟的采访活动一直持续了一个多小时。这些记者意犹未尽，提出了进一步采访的要求，到卧龙园社区卫生服务站的上级单位向阳街道社区卫生服务中心采访，深入了解塘沽区的社区卫生服务模式和运行态势。

外国驻京新闻机构记者最关心的问题是社区卫生覆盖范围，社区卫生在缓解群众看病难问题中发挥的作用，社区卫生服务资金来源渠道和保证措施等，区卫生局负责人一一做了详细解答。

进入21世纪之后，随着天津滨海新区开发力度不断加强，塘沽区相应进行了积极的改造工程。

塘沽在波涛汹涌的太平洋西岸，在碧波荡漾的渤海湾畔，在九曲十八弯的海河下游，是一座魅力无穷的现代化港口城市。

塘沽距天津市中心45公里，距北京160公里，素有"京畿门户"之称。改革开放为这座依海而生、依港而兴的城市插上了腾飞的翅膀，天津经济技术开发区、天津港保税区和国家级海洋高新技术开发区先后在这里兴建。

塘沽面积859平方公里、总人口56万，正强烈地吸引着来自世界不同地域、不同种族人的眼光，塘沽人民将与各国友人一起，加快海洋经济和海河经济的发展步伐，力争早日把这座滨海新城建成高度开放的现代化港口城市标志区。

塘沽拥有92.16公里海岸线，盛产近百种海产品，可供开发的土地120平方公里，滩涂130平方公里，宜于工业、仓储开发，具有广阔的发展前景。

　　塘沽拥有丰富的海洋化工资源。石油、天然气资源丰富，坐落于此的渤海石油公司是中国最大的海洋石油企业，渤西油田是中国第一个海上油气田，现每天输送天然气45万立方米。

　　塘沽海、陆、空交通便捷。天津港与170多个国家和地区的300多个港口有业务往来，定期班轮航线70多条，拥有当时我国北方最大的集装箱码头，是亚欧大陆桥国际运输线的起点之一。

　　华北、津晋等高速公路将塘沽与中国东北、华南、西北相连。京津塘高速公路将北京、天津、塘沽连成一线，从塘沽驱车90分钟即可到达北京。轻轨铁路、津滨高速公路等现代化交通设施齐全，大大缩短了塘沽与天津的距离。

　　塘沽城市内部交通网络纵横交错，上海道、河北路、杭州道、铁西路、海防路等道路保证了城市交通快捷、畅通。

　　塘沽与天津滨海国际机场近在咫尺，从塘沽驱车至机场仅需20分钟，到北京机场也只需90分钟。

　　把港城塘沽建成高度开放的现代化港口城市标志区是塘沽人追求和发展的目标。

　　按照现代化港口城市标志区的标准，塘沽区把建设和管理好城市作为改善投资环境、增强服务功能的重要举措，累计投入城市基础设施项目建设资金50亿元，城市面貌和居民生活环境得到巨大改善。

塘沽区新建的十余座城市立交桥和拓宽改造的85条骨干道路，即将建成的内、中、外3条环线，构成了四通八达的现代化交通网络。世界第三大独塔斜拉桥塘沽海河大桥和全国最大的城市互通立交桥滨海立交桥，不仅交通地位重要，也成为城市一景。

塘沽城市基础设施配套完善，日供水能力40万吨，从根本上解决了生活用水和工业用水；兴建的天然气管道和"渤西"天然气配套工程，使天然气供应量达到1721万立方米，居民住宅气化率达到94%；集中供热自1997年筹建以来，供热热化率达到75%以上；塘沽地区拥有110千伏以上变电站5座，是全国电力供应最充沛的地区之一。

塘沽区通讯设施的先进程度和普及程度达到全国领先水平。全区共有信息咨询服务机构80多家，从业人员近千人。信息产业已运用到全区各个领域，成为推动经济发展的动力。

塘沽中心城区建有10片高品位的绿化广场，全区人均公共绿地面积达14平方米。

塘沽区政府经济服务中心以审批发放各种证照和服务为一体，面向企业、面向社会提供一站式、全方位服务。中心从设施设备到环境面貌以及服务形式都具备了国内一流水平。

塘沽区建立的 6 条服务网络织遍全区，可及时解决市民生活困难，并为市民参与城市管理开辟了"绿色通道"。

塘沽区把发展商贸业作为兴区之策、强区之道，紧紧围绕建成天津滨海新区商贸中心的战略目标，培育大流通，建立大市场，打响大品牌，初步形成了建立在港口运输基础之上的南货批发业、进口商品批零业、北货批发业、海货批发零售业和为集疏港运输消费服务的行业等。

全区一万平方米以上的大型商业设施有 8 座，商业营业面积超过 100 万平方米，已构筑起大商贸、大流通、大发展的现代化商贸经营格局，形成了具有港口特色的现代物流体系。

塘沽解放路商业街全长 1350 米，工程总投资 3.9 亿元，商业设施总建筑面积 12.76 万平方米。林立的商场，良好的环境，使解放路商业街成为滨海新区商贸中心区的标志性建筑，并以其服务功能完善、设施先进完备和充满时代气息的环境，构成一道精彩的人文景观，被人们誉为"滨海新区金街"。

塘沽新洋市场成立于改革开放初年，由小到大，不断发展，已经名扬四海。

10 余家金融、保险机构和 5 个证券交易市场，可十分便利地办理金融信贷、有价证券、股票买卖和各类保险业务，为贸易往来提供了可靠的保障。

以海为特色的蓝色旅游走廊，吸引八方游客。天津海滨旅游度假区位于塘沽东南部，是当时我国最大的人工海滨浴场，也是全国首批4A级景区之一。在北塘和驴驹河地区的"出海当一日渔民"活动，可让游客尽情体验渔家生活气息。

塘沽的大沽口炮台是中华民族抗击侵略的历史见证，是全国文物保护单位，有"海门古塞"的美称。潮音寺始建于明永乐二年，是全国少有的坐西朝东的庙宇，建筑风格独具特色。

塘沽强化区域发展意识，积极整合地区综合优势，着力打造"一个中心、五大基地"。

塘沽区坚持落实科学发展观，使经济社会等各项事业协调发展。全区有10家在全国有一定地位、实力雄厚的科研院所，有118所各级各类学校，有20多所综合性和专业性医院，120多个文化、体育、娱乐场所。新建的文化艺术中心和塘沽图书馆设施先进，景观独特。

根据滨海新区的功能定位和发展要求，按照服务型开放性城市的发展思路，狠抓临港工业区、海洋高新区和中心商务商业区重点区域建设。

塘沽区逐步建成海洋和港口特色突出、技术领先、服务配套、辐射带动作用强的先进制造业和现代服务业聚合区域，建成港城一体、经济发达、社会和谐、发展持续、代表天津滨海新区综合发展水平的现代化国际港口城区。

修建新区沿海煤运码头

1998年,列为国家重点工程项目的天津港南疆煤码头开工建设。

同年7月1日,天津港南疆煤码头举行设备采购合同签字仪式。

南疆港区煤码头位于新港主航道以南,与北疆的东突堤隔航道相望。泊位呈顺岸布置,其西侧与焦炭码头相衔接,建设5万吨级和3.5万吨散货船泊位各一个,年装船能力为1000万吨。

承担该项目的英国阿尔斯通公司利用国外商业信贷方式进行采购,设备包括:移动式装船机一台,堆料机、翻车机、皮带机系统,洒水、除尘系统以及35千瓦变电站在内的供电、照明系统控制、管理系统等。设备总价格4990万美元,工期为28个月。装船机额定装船能力为6000吨每小时。

2000年,为解决天津港煤炭装卸污染问题,改善环境,实现天津港"北煤南移、黑白分家"的港口调整,进一步发挥煤码头能力,在煤码头设计通过能力1000万吨的基础上,实施了"填平补齐"完善工程,使煤码头年通过能力达到2000万吨。

码头上设两台移动式装船机,堆场、堆存料机和皮带机水平运输系统。后方设 C 型双车翻车机两台。

2006 年 7 月 18 日，由中交一航局一公司承建的天津港南疆神华煤炭码头工程举行竣工验收会。会上，神华煤炭有限公司总经理周久扬对码头主体及东护岸工程从质量、进度与服务等各方面给予高度评价，最终评定为优良。

周久扬说："你们做的神华煤炭码头工程，面平线直、赏心悦目，我们验收工程就像是在欣赏一件艺术品！"

于是，由天津港与神华集团联合投资的天津港南疆港区神华煤炭码头工程在一片喝彩声中"闪亮登场"。

神华码头工程是煤炭大鳄神华集团与港口业巨头天津港联手投巨资建设南疆港区 13 号、14 号专业深水煤码头的主体工程，同时也是还滨海新区碧海蓝天、推进天津港"北煤南移"的战略性工程，工程对开辟西煤东运通道乃至天津滨海新区的整体建设都具有重要的战略意义。

工程自 2004 年 6 月 1 日由中交一航局一公司正式开工建设，为一个 15 万吨级泊位和两个 7 万吨级泊位，位于天津港南疆港区东部。码头岸线长度为 890 米，码头主体共分 17 个结构段。

码头设计年煤炭通过能力 3500 万吨，2007 年年煤炭通过能力增至 4500 万吨。该工程 2004 年 6 月开工建设，2006 年 9 月具备试运行条件，12 月开始试运行，工程经过 6 个月的试运行，状态良好。

至 2007 年 7 月 10 日，南疆港神华码头已经累计装船 222 艘，翻车机、堆料机、取料机、装船机均已达到设计能力。

有关负责人介绍说："神华煤炭码头二期工程也已经进入可行性研究，还将建设 3 个泊位，届时，每年从天津港神华煤炭码头下海的煤炭将达到 8000 万吨。"

承建该工程的中交一航局一公司是天津港重要的施工伙伴，几年来先后承建了天津港南疆 9 号、10 号、11 号泊位等煤码头工程，并凭借 9 号、10 号泊位煤码头工程获得全国用户满意工程大奖。

2009 年 7 月 28 日，作为天津市 20 项重大交通项目的天津港南疆专业化矿石码头工程和神华天津港煤炭码头项目配套工程同步开工。

这是天津港贯彻落实市委、市政府决策部署，进一步加快港口基础设施建设，提升港口通过能力，完善滨海新区服务功能的又一重要举措。

市委副书记、滨海新区工委书记何立峰出席并宣布开工。

开工仪式后，何立峰等领导考察了南疆专业化矿石码头和南疆 30 万吨级原油码头。

何立峰代表市委、市政府对项目开工表示祝贺，对神华集团、中交集团等企业积极参与滨海新区开发开放表示感谢。

何立峰说：

当前滨海新区处于加快发展的关键时期，我们正在落实市委读书会和市加快滨海新区开发开放领导小组第十次会议精神，全面开展"十大战役"，努力构筑高端产业高地、自主创新高地和宜居生态高地，努力创造21世纪的滨海速度和水平。

这两个项目的开工对于进一步巩固天津港作为北方第一大港的地位和作用，加快北方国际航运中心建设具有重要作用。希望天津港集团与项目承建单位，坚持高标准、高水平，加快项目建设，保证工程质量，确保按时建成投入运营，更好服务全市，又好又快发展和环渤海区域振兴。

天津港南疆专业化矿石码头工程位于天津港南疆港区东部规划的南疆26号泊位，设计船型为30万吨级散货船，年设计通过能力2300万吨。

神华天津港煤炭码头项目配套工程位于天津港南疆港区规划的16号至18号泊位后方陆域。

该项目主要是为年通过能力3500万吨的三个5至10万吨级煤炭专用泊位提供铁路、铁路车场及道路用地。

这两项工程建成后，将为天津港每年新增吞吐能力

5800万吨。特别是天津港南疆专业化矿石码头的开工建设，将填补未来腹地对港口金属矿石吞吐能力增长需求所形成的缺口，并能直接降低天津港到岸进口矿石接卸费用，进一步增强天津港在矿石业务中的竞争能力。

港口和城区自古就有着十分密切的关系，早在人类文明初起的时期，人们就利用天然河流，创造出一代又一代的人类文明。

进入现代社会，港口和城区的关系更加密不可分，港口的发展离不开城区的经济和技术条件，城区以港口作为门户，从海洋走向世界。

现代化的新城区天津滨海新区与天津港的关系就是这样一对孪生兄弟。天津港位于中国五大江河之一的海河入海口，它东向太平洋，远远望去，云蒸霞蔚，碧波万顷。

这里，不仅有海鸥从早到晚吟唱翻飞，搬运用的门吊高耸波中，轻舒铁臂；更有一万吨轮船云集，一批批集装箱簇拥。

它的面前，隔海相望的是世界160多个国家的300多个港口，并与它们保持往来，每月近300班集装箱航班航行于70多条航线之中。

它的身后，依靠发达的陆路交通，可直抵天津市区、北京、河北省、山西省和内蒙古自治区，还可横穿大西北，到达亚欧大陆深处。它是环渤海地区经济协作的交通枢纽和中国中西部开发的海上门户。

中华人民共和国成立后，经过3年恢复建设，1952年天津港重新开港。这一年，吞吐量从1949年的31万吨一下跃升至74万吨，1974年又突破了1000万吨，1988年突破2000万吨。

进入21世纪后，天津港进入了历史上最好的时期，2001年，吞吐量突破了一亿吨，昂首进入了世界20家亿吨大港之列。

天津港的不断发展，带动了航运服务、信息咨询等新兴行业的发展，成为滨海新区新的经济增长点。同时扩大了滨海新区和天津市的物流，增强了城区的经济影响力。

在天津港，如果随便问一位外国海员：国际现代化大港到底什么样？他们都会以一种惊人的平淡告诉你："最现代化的，不过如此！"

而且，任何一位普通的门吊司机都会脱口而出一大串名词，什么新疆的石油、山西的煤炭、澳大利亚的红铁矿，简直是如数家珍。这些已经不仅是他们工作的内容，也成了他们思考问题的一个角度、一种习惯和一种眼界。

有关人员表示：

> 天津港将以增加吞吐量，扩大辐射功能来提升城市的中心作用。到2010年，天津港将成为国际化深水大港和东北亚地区的国际集装箱枢纽港。

大港区强化环境设施建设

2006年11月10日至11日,天津市国土资源与房屋管理局和地调局天津地质调查中心在大港联合召开了"天津滨海新区环境地质工作研讨会"。

来自自然资源部、中国地质调查局、天津市国土房管局、滨海委、发改委、科委、规划局、海洋局、地矿局、吉林大学、华北地勘局和天津地质调查中心等单位的专家领导40余人参加了研讨会。

会上,林学钰院士,岑嘉法、杜东菊教授等专家及天津市水工环境地质方面的技术人员,针对党中央、国务院开发滨海新区的战略决策,围绕滨海新区开发建设的资源与环境保障进行了热烈的讨论。

与会专家们还对滨海新区面临的环境地质问题提出了建设性的意见,明确了滨海新区环境地质工作的方向和重点,为开展环境地质工作奠定了良好的基础。

天津市国土房管局董建军副局长在讲话中强调了加快建设滨海新区的重要意义和面临的重大环境地质问题,回顾了温家宝对加强滨海新区建设中环境保护工作的重要指示和孙文盛部长对滨海新区加强地质环境保护、防止地质灾害和地面沉降、合理开发利用地热资源的要求。

董建军希望各位专家就滨海新区的规划与发展,提出环境地质工作的方向和重点，为构建和谐社会、建设宜居型城市献计献策。

随后，天津市国土房管局规划处、天津地质调查中心、天津市地勘局、华北地勘局分别介绍了滨海新区城市总体规划和土地利用规划、滨海新区主要环境地质问题与对策及工作建议等。

会后，代表们还考察了临港工业区和经济技术开发区，听取了临港工业区管委会关于临港工业区开发建设情况介绍，实地考察了生态廊道工程、液体化工码头和经济技术开发区建设等，并针对临港工业区供水安全、水土污染、地基稳定性、海洋灾害预防等问题，进行了交流和探讨。

2008年7月9日，由天津市老领导王述祖、陈洪江、卢金发等组成的天津滨海新区顾问团到天津大港视察工作。

天津市老领导顾问团一行前往天津石化100万吨乙烯工程、湿地公园、港东新城实地考察。顾问团指出，天津大港区具备石化基地、生态公园、新城建设、海水淡化等发展资源，要做足资源优势文章，激活潜能，与滨海新区的快速发展保持一致。

天津市老领导顾问团一行就如何加快天津大港发展等提出建议。

大港区石化基地优势凸显，顾问团建议天津市大港区要谋求在服务中求发展，利用天津大乙烯、天津渤海化工等项目做好石化下游产品的开发，带动区域经济。

顾问团还提出，大港区生态公园资源独一无二，要加快该项目外部环境的改造和规划的落实，为下一步招商奠定基础。

另外，土地资源比较丰富，要谋求与各农场的合作双赢；海水淡化工程丰富了水资源，为进一步发展提供了良好的条件。

天津市老领导顾问团指出，天津市大港区利用和开发好现有资源，天津大港的发展速度会更快。

大港区地处天津市最南端，面积1113平方公里，总人口40万，在天津东南、环渤海经济区正中，处于东北亚次区域的核心地区，是国家重点发展的特大型石油化工基地之一，是天津市滨海新区的重要组成部分。

大港区距天津滨海国际机场38公里、天津港28公里、河北黄骅港60公里，距首都北京165公里。205国道、李港铁路穿境，丹拉、京普高速公路与津港公路相连。

渤海湾畔的大港，古老而又年轻。蜿蜒壮观的贝壳堤，风景如画的古泻湖湿地，历久弥新的战国刀币，诉说着沧海桑田、历史变迁。碧水蓝天，扶疏苍翠，楼宇轩昂，色彩斑斓，展示着滨海花园城市的现代气派。

大港处于环渤海经济带金项链中部，石油、天然气、地热和荒地资源丰富，工业体系发达，人才荟萃，政策宽松，是天津发展最快地区之一，被评为国家可持续发展实验区、全国创建文明城市工作先进城区、全国文化工作先进区、全国环境模范城区、全国园林绿化先进城区、全国社会治安综合治理先进集体，具有参与国际分工和竞争的基础条件。

大港区著名旅游观光景点有世纪广场、临潮湖、望海山、学府园、文化乐园、步行街及海鲜一条街；精品线路有海上渔民游、农业生态游、休闲娱乐游、油田工业游。

古海岸贝壳堤科技景园、世纪运动场赛犬场、明珠垂钓中心等也正在建设中。

大港区拟开发建设、招商引资的旅游景点有森林公园旅游度假区、大港水库水上游乐城、海洋世界、小王庄风景区等。

在大港区投资开发旅游项目，可享受中国沿海经济技术开发区、国家赋予天津开发区和天津滨海新区的全部优惠政策，同时可享受大港区从实际出发制定执行的《大港区加快经济发展奖励办法》《大港区招商引资奖励办法》《大港区加快工业园区发展的扶持办法》等地方性政策措施。对重大项目实行"特事特办"，最大限度地满足投资者需求。

2008年9月，大港区召开区委六届八次全体扩大会议和人大八届三次会议、政协七届二次会议，明确2008年发展目标和思路：打造官港生态游乐园、扩大建设石化产业园、规划中华民营经济园，逐步建设具有竞争力和影响力的现代化宜居生态新城。

中华民营经济园位于津汕高速公路太平镇出口和黄万铁路郭庄子专用站附近，规划建设占地43平方公里，将打造在滨海新区最具特色、最富活力的名牌园区。

官港生态游乐园在大港区规划开发的港东新城北部，是大港区城市组团的重要部分，区域占地面积22.85平方公里，将被打造为融生态、休闲、观光、文化和娱乐于一体的特色景区。

大港区将进一步抓好生态文明建设，重点抓好石油化工产业园区大型绿色屏障建设，加快实施农村绿色通道、绿色河道、绿色城镇和绿色村庄工程。按照环保、生态、宜居的要求，高层次开发港东新城，改造现有城区，着力推进城乡一体化建设。

2008年，大港区着眼于经济结构的战略性调整，进一步把一产做特做精、二产做大做强、三产做活做优。该区将着力推进石油化工、金属制品、汽车配件等六大骨干行业延长产业链条，加快产业聚集，切实打造大港区工业的"四梁八柱"。加快大项目、好项目引进和建设，全力推进总投资达450亿元的46个重大项目建设。

2008年11月，天津市滨海委副主任郝寿义一行来到大港，就天津滨海耐盐碱植物科技园发展情况进行调研。

在实地观看了耐盐碱植物科技园后，郝寿义指出大港区为耐盐碱植物的引种、培育及扩繁工作打下了坚实基础，取得了很好成效，发展耐盐碱植物是篇大文章，下一步要做大耐盐碱植物科技园产业。

天津滨海耐盐碱植物科技园区建设主要是以盐生植物选育、盐碱地改造、盐碱地绿化技术研究为主要研究对象，通过耐盐碱植物的引种筛选，优选出适宜滨海盐碱地区的绿化树种。

同时，建立系列、高效的快速繁育体系，构建盐碱地生物治理模式，实现降低成本，提高成活率，丰富本市盐碱地植物群落，改变盐碱地原有的景观格局的目标。

该项目以培育和孵化具有市场竞争力的林业产业为目标，立足滨海新区开发开放和农民增收，探索产学研相结合的科技创新体系，把园区建成国家级盐碱地生物治理研发中心、成果转化中心、科普教育中心、人才培养中心和产业孵化基地。

2009年6月1日至2日，天津市委副书记、滨海新区管委会主任何立峰到大港区调研，并主持召开座谈会，听取大港区经济社会发展情况汇报，研究需要解决的问题。

园区总体建设规模为2300亩。其中，官港综合区1000亩，马圈耐盐碱植物试验区400亩，大港农场耐盐碱植物繁育区900亩。园区计划总投资1.03亿元，项目建设年限为4年，即2008年至2011年。园区投产后年收入预计达到3626万元。

何立峰指出：

大港区要充分发挥自身优势，紧紧抓住机遇，加快自身发展。

何立峰先后来到大港城区铁路迁建还建工程、轧一集团冷轧薄板项目和轻纺城项目拟选地、大港区湿地公园、中华民营经济园、港东新城规划展示厅、港东新城海景大道、南港工业区配套生活区等地，亲切慰问建设一线干部职工，详细了解重点工程进展、功能区规划建设、城区拓展及现代服务业发展等情况。

何立峰说："滨海新区上升为国家战略以来，大港区不断加快推进各项工作。目前，全区各项经济指标快速增长，百姓生活水平显著提高，经济社会发展态势良好，在多年打下的良好基础上实现了又好又快发展。"

何立峰指出：

当前，滨海新区发展进入了一个十分关键的时期，各项工作全面展开，我们要充分认识所面临的机遇与挑战，深入贯彻落实党中央国务院和市委市政府决策部署，进一步增强紧迫感、危机感、责任感，密切合作，不断加大力度推进，确保一季好于一季。

大港区要以全局意识、大局意识，主动推进，全力配合滨海新区在大港的重大项目顺利推进；要创新模式，超前规划，做好南港工业区等重点项目的各项配套工作；要充分发挥街、镇作用，要拓展思路、找准定位、发挥优势、积极招商，在为工业发展和城市建设做好配套服务同时，实现街道经济的快速发展。

何立峰强调，大港区有 1000 多平方公里的面积，有丰富的石油资源和沿海滩涂，发展潜力巨大。大港区要充分发挥自身优势，紧紧抓住石化产业发展机遇，靠近消费和原材料两个市场，大力发展轻纺、精细化工等产业，吸引更多石化中下游产业聚集，形成产业链，又好又快推动区属经济发展。

何立峰指出：

要在保持经济又好又快发展的同时，大力发展各项社会事业，关注民生，促进和谐。要做好各项维稳工作，特别是在征地、拆迁、安置过程中要把工作做深做细做实，确保社会和谐稳定。要高度重视安全生产，消除安全隐患，确保不再发生重大安全事故，确保大规模建设顺利展开。

2009 年 8 月 8 日，在喜庆的爆竹声中，天津滨海新区化工产品交易中心在大港区正式挂牌运营。

此项目由天津一商集团投资兴建，项目落成后，将为滨海新区及周边化工生产经营企业和国内外化工行业的知名企业搭建发展平台。

区委书记张继和，区委副书记、区长张志方到现场祝贺，并为中心成立剪彩。

滨海新区化工产品交易中心为滨海新区十大现代交易市场之一。中心坐落在大港城区，占地面积3700平方米。500平方米交易区设100个交易席位，全部实行电脑操作、纸面交易，特别是在提供商品价格、市场信息方面具有专业优势。

该交易中心可容纳300多家企业进驻开展交易，一期可容纳100家企业进驻。当时，蓝盾石化科技、科迈化工、北方中天宏伟商贸等知名大型化工企业已进入。

大港作为天津的石化基地，有化学品经营企业300余家。伴随100万吨乙烯的投产，大港逐步形成华北地区化工产品生产基地与集散中心。

交易中心依托大港区化工产业基地、化工聚集地的优势，主要面向大港化工生产企业以及周边生产经营企业，利用港口优势，实现港口、物流、化工联动一体化，推动大港优势化工产业的进一步发展，并将成为我国北方地区最大的化工产品交易平台。

届时，交易中心将对危险化学品经营实行集中交易、专业储存、统一配送。

汉沽区进行生态城建设

2007年7月的一天，随全国政协委员视察团来到滨海新区的商务部外资司司长李志群宣布：

新加坡政府提出在与中国合作建设苏州生态工业城区之后，再跟中国合作建设一座生态工业城市，得到了温家宝总理的积极响应，并指示吴仪副总理推动和研究。

李志群的声调不高、语速不快，但是他透露的这个消息却绝对有着爆炸性的吸引力。

视察团团长徐匡迪提醒张高丽副书记："现在商务部给你们送来了一个'大红包'，要建一个中国、新加坡合作的生态新城，我看天津最有希望。"他建议天津要专访吴仪副总理。

张高丽点点头，应允着，也很振奋。他说："我马上给吴仪副总理汇报，这个事太重要了。一旦落户，我看天津的概念就不同了。"

张高丽向吴仪副总理汇报后，一个以戴相龙市长为组长的中新生态城项目领导小组立即成立起来。张高丽和戴相龙都讲了话，确定了要把握的几条行动规则：不要声张，先摸情况。昼夜兼程，抓住每一个细节。项目一旦定下来，就要举全市之力，高标准、高水平地建设。天津的各个部门争取与国家对口部门一致行动。同时，以既不占耕地，又要在建成后有人去工作和居住的原则进行项目选址和考察论证。

早在3个月前，温家宝在北京会见来访的新加坡国务资政吴作栋时，双方对在中国合作建设生态城的计划构想一拍即合，达成了共识。

双方商定，合作建设一座资源节约型、环境友好型、社会和谐型的生态城市，体现人与人和谐共存、人与经济活动和谐共存、人与环境和谐共存，而且能复制、能实行、能推广。规划面积30到50平方公里，重点发展服务业。

根据吴仪的建议，国务院确定了天津、唐山、乌鲁木齐、包头4个北方城市作为向新加坡推荐建设生态城市的备选试点地区。

2007年7月初，吴仪去新加坡参加中新双边合作联席会时，把4个备选城市的名单正式提供给了新加坡方面。

中新双方领导人明确提出了在选址过程中把握的两条原则：一是体现资源约束条件下建设生态城市的示范意义。所谓"资源约束"的概念是要以非耕地为主，在水资源缺乏地区。二是要邻近大城市、交通便捷，邻近各种产业功能区，可以直接为各功能区提供服务，节约基础设施建设成本。

7月23日，张高丽和戴相龙邀请建设部部长汪光焘专程到天津一趟，当面向他介绍了天津对中新生态城项目的积极关注和努力在做的事情。生态城项目，对于天津滨海新区的开发开放，对于实现国家发展战略具有非同一般的重要意义，天津志在必得，希望得到建设部的肯定和支持。

接下来，领导小组频繁游说，积极推介。很快，国家9个部委办中，大多数有了明确的态度。

建设部一视同仁，全面听取了4个备选城市的汇报。然后，新加坡国家发展部组织专家到4个城市逐一考察。

在这期间，天津和新加坡方面的会见次数明显增多，有时甚至是一周3次。

张高丽、戴相龙在天津先后会见了新加坡副总理兼内政部长黄根成、具体负责生态新城计划的新加坡国家发展部政务部长傅海燕。

8月20日到22日，滨海新区管委会主任苟利军带队赴新加坡考察并举办"中国天津滨海新区介绍会"。其间，苟利军和新加坡知名企业吉宝集团、叶水福物流、凯德置地、仁恒置地、凯发集团、胜科工业等企业高层会面座谈，介绍天津的情况，加强沟通和联系。

2007年8月30日，新加坡驻华大使陈燮荣一行专程来天津考察了生态城项目的预选地。土地盐渍、植被稀少、环境退化、生态脆弱、水质性缺水，天津塘沽和汉沽之间这一自然条件较差的地方，恰恰吸引了新加坡客人的目光，成为中新生态城选址的重要条件。

9月，经中新双方商谈和反复斟酌，衡量比选，项目要靠海近城，这一条选掉了乌鲁木齐和包头，确定从唐山和天津两个城市中选择。天津又一次由四进二，两个同属于渤海湾经济圈的兄弟城市直接面对竞争。

中新两国政府在选址上提出了一些硬性条件，如生态城宜建在水质性缺水地区，不占耕地。天津提供的选址地范围内为盐田、盐碱荒地和湿地，正符合这些条件，又符合中国当时土地、水资源和能源紧缺的现实条件，能为今后中国城市发展提供样本。这让天津得分不少。

12月11日，中国与新加坡两国在新加坡共同签署了关于在中国天津建设生态城的框架协议。生态城的建设成为继苏州工业园区之后，中新两国合作的又一个亮点。

天津拟议与新加坡合作打造生态城的具体地点，是在滨海新区内北部，西距天津市60公里，南离天津新港和经济技术开发区20公里的汉沽区一带。

滨海新区总体发展布局为"一轴、一带、三个城区、八个功能区"。"一轴"是"高新技术产业发展轴"；"一带"是指沿海岸线建设"海洋经济发展带"；"三个城区"包括270平方公里塘沽城区，37平方公里汉沽城区和69平方公里大港城区。

生态城备选地址的汉沽区，与大港城并列为组团城市的两翼。

此外，一座苏联制造的航空母舰"基辅号"躺在区外的八卦滩，这座"滨海航母主题公园"，标示了汉沽区打造成休闲旅游区的雄心。

中方负责人说："依河拥海的汉沽区，未来要建造成生态宜居区和循环经济示范区。2011年，城区将形成30平方公里，具备30万人口承载能力的区域，产业方面有电水盐联产的天津北疆电厂以及海水淡化、风力发电、浓海水制盐、废渣制新型建材等项目。"

在天津的汉沽，一块30平方公里的土地又变成一片建设的"热土"。

与人们习惯于一座座拔地而起的工厂不同，这一次，在这个中国未来的新制造业中心，一座突出环保与和谐的"生态城"正在憧憬着它的未来。

在经历了8月、9月的密集考察和商讨后，"生态城"暂定名为"津滨新城"。

但也有人说："新城不会限于'津滨'这个概念，更有可能是冠以'中新'概念的'中新生态城'之类。"

这位负责人说："如果进展顺利，几年内，这30平方公里的盐碱地将变成一座崭新的生态化城市。"

2007年11月30日，中国城市规划设计研究院、天津市规划设计研究院和新加坡市区重建局设计组三方60余名中外专家，组成生态城规划工作团队，12月初开始组织现场踏勘。

2008年1月9日，天津市委宣布成立中新天津生态城管委会。曾经是天津开发区第一代创业者的"老开发"崔广志，又接受了新的任命，担任生态城管委会党组副书记、副主任，仍然是干他擅长的规划建设的老本行，仍然是开路先锋。蔡云鹏、张彦发、蔺雪峰任生态城管委会党组成员、副主任。

1月11日，第一批13名从各方面抽调的精兵强将报到上任。

参与规划的中国城市规划设计研究院高级规划师董珂说："生态城以节水为核心，注重水资源的优化配置和循环利用，建立广泛的雨水收集和污水回用系统，实施污水集中处理和污水资源化利用工程，多渠道开发利用再生水和淡化海水等非常规水源，提高非传统水源使用比例。建立科学合理的供水结构，实行分质供水，减少传统水源约等于3个杭州西湖的容量。人均生活用水指标每天控制在120升，自来水可直接安全饮用，人均综合用水量每天320升，非传统水资源利用率不低于50%。根据生态城的规划，水循环利用也有望在这里形成一个巨大的新兴产业。对于拥有水循环技术的新加坡而言，这意味着无数的商业机会。"

2008年1月17日，建设部规划司司长唐凯与新加坡国家发展部副秘蒋财恺就生态城指标体系进行了研讨。双方同意进一步修改完善指标体系后提交给中新联合工作委员会第一次会议审议。

1月31日上午，生态城联合工作委员会在天津迎宾馆召开第一次会议，审议并原则通过了中新天津生态城指标体系，确定了下一步的工作计划，这标志着生态城建设已实质性启动。

出席会议的新加坡国家发展部部长、中新天津生态城联合工作委员会新方主席兼新加坡可持续发展跨部门委员会联合主席的马宝山表示：

> 相信生态城项目会成为新加坡和中国合作的新的标志，不仅成为中国城市的榜样，也会成为世界城市的榜样。我们要传承两国合作的传统，按照双方确定的目标，加强交流，有所作为，把宏伟的愿景变成美好的现实。

马宝山说："中新两国合作兴建生态城的过程，不会是新加坡经验对中国的'单程交通'，一些新的生态保护创新科技和举措，也可能在天津的生态城率先实行后，再引入新加坡。中新天津生态城将是两国分享经验和相互学习的有效平台。"

根据新加坡国务资政吴作栋先生的提议，生态城规划建设展览经过紧张而周密的筹备，于夏季达沃斯论坛期间顺利推出，被介绍给来自世界各地的政界、财界、商界的领袖人物。论坛结束后，则移到生态城服务中心，将成为一个永久性的展览。

原计划 2008 年 7 月举行的生态城奠基仪式，因为 5

月12日的汶川大地震和8月的北京奥运会，经双方商定，推迟到了9月28日在夏季达沃斯论坛期间举行。

9月的天津，秋高气爽，清风朗朗。28日上午9时整，彩旗飘飘，花团锦簇，竹树争翠，中新天津生态城服务中心到处洋溢着节日般的喜庆气氛。

在起步区开工仪式现场，成排的挖掘机整齐排列，威武雄壮，一队队穿着工装的参建人员英气勃勃。

温家宝和新加坡国务资政吴作栋出席开工仪式并共同为生态城奠基。开工仪式由市委常委、滨海新区管委会主任苟利军主持。

伴随着缤纷纸带腾空而起，温家宝、吴作栋、张高丽、马宝山、姜伟新等向奠基石铲下了第一锹土。

新加坡国家发展部部长马宝山在致辞中说：

> 在全球面临如何平衡环境保护和经济发展重大挑战的今天，天津生态城的建设合乎时宜，意义重大，印证了两国人民的密切关系和共同追求可持续发展的决心。生态城的重要特点，就是遵循人与人、人与经济、人与环境之间的和谐。项目开工后，双方应加倍努力，制定完善的政策措施，推动生态城建设取得更大成功，把两国友好关系推向新的高峰。

开工仪式前,温家宝和吴作栋一行还考察了生态城服务中心,查看了中新生态城规划模型沙盘,了解了项目建设的最新进展。

三、招商引资

● 顶新集团董事长赵慧敬说："在投资地点上选择了天津开发区，是觉得这里有一个很好的地缘优势。"

● 新任摩托罗拉中国电子有限公司总裁高瑞彬说："天津市和开发区领导超前、务实、开明的观念和工作作风，都使我们觉得整个区域的发展充满了勃勃的生机，对前景都充满了期待。"

● 唐家璇致辞说："通过这一项目的实施，将促进中欧航空产业的共同发展，为中欧经贸合作持续发展注入新的动力，也有利于推动天津滨海新区的开发开放，带动区域经济发展。"

国内许多企业落户滨海

1991年9月,顶新集团正式在天津开发区立项,组建天津顶益国际食品有限公司,于1992年8月21日举行正式开业典礼。

董事长赵慧敬说:"在投资地点上选择了天津开发区,是觉得这里有一个很好的地缘优势,天津开发区依傍天津新港,港运非常方便,离天津国际机场也很近,空运极为方便,京山线穿区而过,公路网络四通八达。海陆空运输都极方便。"

1992年,"康师傅"方便面一炮走红,"康师傅"方便面背靠中国北方和西部的巨大市场,很快成了中国食品的一大品牌,还压倒台湾著名的"统一企业",坐上了"世界面王"的金交椅。

但是,顶新的步伐一直都没有停止过。

1996年,"康师傅控股"在香港联合交易所成功上市,它的企业已经遍及了全国40余个城市,"康师傅"在国内市场占有率为50%左右。

赵慧敬说:"顶新的成功除了源于企业自身的艰苦努力以外,与泰达这片投资热土也是分不开的,泰达人为企业服务的理念,以及快速、高效的工作水准给我们留下了深刻的印象。"

赵慧敬认为："滨海新区的发展已经被列为祖国大陆未来的发展重心，能够赶上这样的历史机遇是非常难得的，随着区域经济的快速提升，'康师傅'也将迎来充满希望的未来。"

1997年，从日本留学归国的陈乃克博士带着一番激情和10万美元回国创业。在考察了国内20多个开发区之后，最终选择了天津经济技术开发区，创办了博益天津气动技术研究所有限公司，并成为开发区首家留学生创业企业。

企业创立之初，恰逢亚洲金融危机爆发，时机并不好。

但这一时期，开发区管委会为支持留学归来人员创办企业，制定了减免厂房使用费等优惠政策，还为创业者个人提供高科技人才公寓，减轻了回国创业人员的经济和生活压力。

陈乃克笑着说："公司的每一步发展，都与开发区管委会的帮助分不开，感觉那时很多政策好像是为我个人制定的，这也反映出开发区政府对留学生创业的支持。"

伴随着天津经济技术开发区的不断发展，博益气动也已从默默无闻的一家小企业，发展为集研发、生产为一体的国内先进气动行业企业。

博益气动已自主开发出科技成果和发明专利13项，2005年企业年销售收入达5000多万元。

陈乃克表示："滨海新区成为全国综合配套改革试验区，将对新区内所有企业产生积极影响，博益气动也将进一步依托开发区优势争取更多的项目。"

2003年9月,原天津丰田公司更名为天津一汽丰田汽车有限公司。

当时企业只有位于西青区的一个工厂,800多名员工,年生产能力为5万辆,车型也只有威驰一款。

天津开发区国际商会副会长天津一汽丰田汽车有限公司董事常务副总经理韩新亮说:"从2003年公司开始量产,每年的产销规模都以70%的速度在增长。现在从当初的单一产品威驰,发展到今天的花冠、皇冠、锐志4种车型系列产品,员工也达到了8000余人。累计上缴税收超过30亿元,并在天津形成了近百家的配套企业、6万人的汽车产业集群,总投资超过了100亿元。"

韩新亮对天津一汽丰田这两年的快速发展津津乐道,同时他也对滨海的办事效率十分满意:"开发区政府是国内少有的开明、高效、热忱的服务型政府。2002年6月,第二工厂的建设过程中,开发区政府提供了'九通一平'、配套的优惠政策和亲情服务,令我们十分感动。"

随着天津滨海新区纳入国家发展的战略布局,滨海新区定位提升,开发区又迎来了新的契机。

韩新亮对未来充满希望,他说:"区域的发展和企业的发展是相辅相成的,我相信开发区内的企业会面临再次飞跃的机遇。2006年,预计产销量将超过20万辆,销售收入将超过300亿元。随着明年第三工厂的建成,到2010年,公司将达到年产50万辆的产销规模。"

外商积极投资滨海新区

1992年3月25日,摩托罗拉中国电子有限公司在天津开发区注册成立。

摩托罗拉是美国第三大电子公司,年销售额逾百亿美元,也是美国销售额最大的50家工业企业之一,其股票公开上市,经营活动也随之牵动着民众的心。

早在1988年,公司就决定在中国投资建厂,摩托罗拉中国电子有限公司总裁赖其森先生是一位美籍华人,当时负责中国公司的筹建。

中国有关方面向赖其森推荐了几个地方,有广州、深圳、上海,也有天津。他对这些城市逐一考察后,选定了天津。

赖其森解释说:"中国南方是商贸发达之地,而北方以工业见长,摩托罗拉志在办实业,自然要选择北方。"

至于为何选择天津开发区,赖其森说:"据我了解,天津开发区在基础设施方面比别的地方强,而且我们要建的是一个很大的项目,需要很大一片土地,还得留下继续发展的空间,这只有开发区才能提供。"

虽然投资中国的谈判历经了漫长的4年时间,赖其森却不觉难耐,他说:"我们与其他公司不同,不是到中国试试看,而是在中国建立一个独立的完整的,多产品多项目的生产基地。"

还在谈判期间，摩托罗拉公司就开始在天津招聘技术管理人员，组织他们到国外培训实习，并在天津开发区租赁了厂房。

这样一个大型跨国企业，一下与天津开发区签订了长达 70 年的经营合同，而且是独资经营，初期投资就达 1.2 亿美元，1995 年增资 7.2 亿美元，当 1999 年其生产指标高达年产 800 万部手机之后，2000 年 8 月，又一举增资 19 亿美元。

摩托罗拉这种大幅度追加投资的行为，震惊了世界经济界，该公司要在这里建设世界最大的半导体综合生产中心及亚洲最大的通信产品生产基地，表现出了过人的魄力和坚定的信心。

公司最初的投资是 1.2 亿美元，有几百名员工，年销售额只有几百万美元，初期的主要产品为寻呼机，大部分产量供应国内市场。

赖其森说："如果从商贸角度看，我们到中国办实业的想法可能是太大胆了，但事实证明，我们是正确的。"

2003 年 5 月 17 日，当京津还笼罩在非典型肺炎的阴霾下，摩托罗拉公司全球总裁麦克·扎菲罗夫斯基飞抵北京，就摩托罗拉公司在北京投资 9000 万美元建立研发公司的项目签署了合作备忘录。

在 5 年内，摩托罗拉研发公司投资 5 亿美元用于人员、设备等的投入。

麦克·札菲罗夫斯基说："中国是摩托罗拉公司全球最重要的市场。作为中国最大的外商投资企业，摩托罗拉公司植根中国、战略双赢的核心不会改变。"

经过14年的发展，摩托罗拉在中国的总投资额已经达到36亿美元，员工上万名。年销售额从1993年的8000万元人民币增长到2005年的726亿元人民币，成为中国电子领域最大的外商投资企业。

新任摩托罗拉中国电子有限公司总裁高瑞彬说："天津市和开发区领导超前、务实、开明的观念和工作作风，都使我们觉得整个区域的发展充满了勃勃的生机，对前景都充满了期待。"

高瑞彬看重摩托罗拉在天津的发展，他说："现在，摩托罗拉天津工厂已经发展成为摩托罗拉全球最大的生产基地，产品销往世界各地，在摩托罗拉的全球战略中占有举足轻重的地位。"

天津滨海新区的发展已经被纳入国家整体发展战略，这将为滨海新区的发展提供历史性的机遇和更为广阔的空间。

高瑞彬对于未来更是充满乐观："我们相信在国家进一步的支持和天津市全体人民的共同努力下，滨海新区的发展会更加快速深入。摩托罗拉多年来在与天津及开发区的合作过程中，与天津市一道取得了'双赢'的结果。今后摩托罗拉将继续履行对中国和天津的承诺，抓住这次机遇，扩大在天津的业务范围，进一步增加产量，加强研发力量的投入，加快服务业外包的发展速度，加入到滨海新区发展的热潮中来，为滨海新区的发展贡献自己的力量。"

天津康乐产业有限公司可算得上是天津开发区的元老了，是开发区首批获准的 26 家企业之一。

康乐公司总经理葛文兰回忆说："那时开发区没什么人，对面开来一辆汽车，肯定会停下打招呼，寒暄一番，有种十分好客的感觉。"

谈到当初为什么会选择开发区，葛文兰说："来开发区不仅仅是因为优惠政策，也是因为这片土地所蕴含的希望，这里是全新的区域，有不同于别的区域的企业机制、思维方式和经营方式。特别是开发区政府的服务意识给我留下了深刻的印象。"

当时，康乐注册资金是 50 万美元，只有 20 个人。经过 20 年的发展，康乐从最初产品仅有一两种暖袋，已经发展到了几个系列上百种产品，还连续 3 年获得了天津市政府授予的"最佳外商投资企业"称号，中国外商投资协会亦给予其"全国外商投资双优企业"的荣誉。

葛文兰对此说："康乐的发展受益于区域的发展，开发区的投资环境，办事效率，思维方式，管委会的服务意识让企业在这里办公十分舒畅。"

葛文兰对未来康乐更是充满希望，认为滨海新区发展空间广阔，引进项目越来越多，产业生态越来越好。滨海新区对中国的经济将产生巨大的拉动作用，企业在这个充满希望的区域必将有好的发展前景。

1996年,PPG涂料天津有限公司落户天津开发区,是PPG在中国的首家涂料公司。

PPG中国区副总裁延彩明说:"天津是PPG亚太区规模最大发展最快的工厂,落户于天津开发区的PPG十分庆幸于当初的选择。在进入天津的10年中,公司规模由三四十人扩展为700多人,这一切源于中国市场需求的增加,也和政府的大力支持和快速反应是分不开的。"

在国家将滨海新区列入"十一五"战略发展计划这一历史机遇之下,延彩明说:"国家的这项政策真是令所有滨海人兴奋,滨海新区实在是给了我们很大的信心。我们的计划与滨海新区的大发展达成了默契。加之PPG天津工厂生产的汽车涂料和工业漆畅销全国,为了满足天津及全国市场的需求,公司决定增资扩产。PPG公司已在天津开发区新购地6万平方米用于新厂房建设。"

延彩明还透露,随着空客项目落户滨海新区,PPG计划在津建立专为空客项目配套的航空涂料服务中心。未来5年内PPG在亚太区的销售额计划达到20亿美元。

1996年,诺和诺德在天津建厂投产,从这时,荆毓起就应聘进入了诺和诺德。

当时诺和诺德在天津的业务量非常小,工厂一共就5个人,一条生产线。刚开始的条件非常艰苦,但开发区的服务给了他最深刻的印象。诺和诺德进驻开发区的前期准备和审批工作都是他负责的,其中包括购地、建厂、搬迁、认证等工作。

已经担任诺和诺德中国制药有限公司天津生产厂工厂总监的荆毓起说:"这些工作本应该很复杂烦琐的,但在开发区办理相关手续时没费太多周折。无论到了哪个部门,我都能遇到热情接待,为我答疑解惑,并给了我极大的支持。"

10 年来,诺和诺德天津生产厂与泰达共同成长,不断发展壮大。

2003 年 5 月,诺和诺德在天津投资占地 4 万平方米的天津新厂扩建部分落成投产。

荆毓起介绍,扩建后的天津生产厂将成为诺和诺德公司在亚太地区的主要国际化生产基地,将不断满足诺和诺德公司胰岛素产品在亚洲和其他地区日益增长的需求。

荆毓起说:"天津生产厂的扩建落成,是我们生产基地国际化的又一证明,反映了诺和诺德公司对中国市场的长期承诺,体现了公司总部对中国市场的战略性投资策略。它同时表明了中国在诺和诺德全球运作体系中正发挥着越来越重要的作用。"

谈到未来,荆毓起更是充满希望,他说:"滨海新区如今已经被纳入国家的发展战略中,滨海新区的发展很大,这与公司对天津工厂的定位和未来 10 年规划是相契合的。"

1997 年,日本天津电装电子有限公司落户于天津开发区。它是世界 500 强企业电装电子在中国布局中唯一的电子零部件生产商，承担着生产和提供全国客户所需产品的重任。

总经理樱井正雄说："1997 年电装电子在天津的投资是 12 亿日元。2002 年，丰田与天津夏利实现了合作，这成为电装电子企业发展的重要里程碑。"

樱井正雄认为，作为配套商，电装电子的发展是和丰田与天津的合作分不开的。他说："2002 年之前，电装电子的销售收入维持在一亿元左右，2003 年达到了 2.7 亿元，2004 年实现了 4.7 亿元，到 2005 年一下子跃升到 7.3 亿元。"

樱井正雄透露，电装电子在当年还有增资计划，注册资本增加到 4260 万美元，投资总额增加到 9144 万美元，主要用于厂房的扩建和设备的增加，目的是应对产量和销量的不断增长。

截至 2004 年底，中国汽车电子十大品牌中有一半落户于天津开发区。

樱井正雄说："滨海新区的美好未来是可以预见的。如果企业发展态势继续保持良好，电装可能会考虑在中国再建一家电子工厂。"

2002 年 11 月，美卓矿机天津有限公司在天津经济技术开发区成立。这是美卓矿机在华设立的第一家工厂。

美卓集团总部设在芬兰，业务涉及造纸、自动化和矿山机械，是世界著名的工业公司。美卓矿机在芬兰、美国和中国等 50 多个国家设有制造厂。

来自芬兰的厂长约翰尼·宏康南说："2000年我第一次来开发区，那时一到周末马路上很少看见人，去市里的交通不像现在这么方便，超市、商场不像现在这么多。"

宏康南非常满意在开发区的生活，他介绍："据我所知，已有4家芬兰企业投资泰达，这里芬兰人越来越多。"

宏康南说："我知道邓小平曾在20年前为开发区题词，他认为这是个大有希望的地方，我自己的亲身感受是这是一个大有作为的地方，源于对开发区的信心，我认为滨海新区必定成功。"

宏康南认为："未来开发区可以进一步面向国际，发展高新技术。"

宏康南十分骄傲地说："几年来，天津工厂生产的100多台破碎筛分设备高效运转在中国的金属矿山、水电工程、高速公路和民用石料厂，其中包括三峡水电站、二滩水电站、鞍山钢铁公司等。"

牵引滨海新区经济腾飞的是开发区和保税区，而这两个区域无疑都是对外开放程度很高，外资介入很多很广的区域。在这两个区域，无论是城市建筑的风格、城市功能的布局，还是人的行为举止，都给人以国际化和现代化的感觉，从美国来的可以认为这里是西雅图，从澳大利亚来的可以认为这里就是悉尼……

天津开发区从建区起就开始营造仿真的国际环境，一方面是按国际标准营造支持外商投资企业的硬件条件；另一方面，他们要使外商投资企业进入这里后，能按国际惯例办事。

梅兰日兰有限公司董事长就对这里"不找不管"的政府行为推崇备至，称企业在天津开发区像是在世外桃源。他说："正是由于开发区宽松的外部环境，这家企业才成为法国著名的斯耐德财团属下800多家企业中，发展速度最快，效益最好的一家。"

2008年4月，又一世界500强企业韩国三星生命保险公司到滨海新区投资发展。

天津市副市长任学锋会见了三星生命保险公司郭祥龙专员一行，就加强合作进行了深入交谈。

任学锋说："滨海新区作为国家综合配套改革试验区，正在积极推进金融综合配套改革，建设与北方经济中心相适应的现代金融服务体系和全国金融改革创新基地。保险是金融体系中的重要部分，是社会经济发展过程中不可缺少的动力。随着中国经济社会的快速发展，人民生活水平的不断提高，保险事业商机和潜力巨大。天津市非常重视与三星生命保险公司的合作，将创造更好的运营环境，促进公司在天津取得更大发展。"

三星生命保险公司是韩国最大的寿险保险公司，在韩国寿险市场占有40%的份额，是韩国三星集团金融行业的核心公司，2007年世界500强企业排名229名，年销售额286亿美元。公司在北京、纽约、伦敦、东京、中国香港、曼谷、孟买等世界主要城市均设有代表处、投资公司和合资寿险公司。

三星生命保险公司这次专程来天津考察滨海新区及空港加工区的投资环境，进一步了解天津人寿保险行业情况，并将在津设立分公司。

2009年8月3日，天津开发区管委会与韩国三星集团签署合作备忘录，在原有基础上进一步加强和深化战略合作，把天津作为三星集团在全球重要的生产基地。

市委副书记、滨海新区管委会主任何立峰出席签约仪式，并会见韩国三星集团中国区总裁朴根熙一行，就进一步扩大双方合作进行了交谈。滨海新区、开发区、中环电子集团有关负责人参加。

何立峰向客人简要介绍了天津经济社会发展和滨海新区开发建设的有关情况。

何立峰说："面对国际金融危机的影响，天津市全力打好滨海新区开发开放攻坚战，深入开展'保增长、渡难关、上水平'活动，主要经济指标持续快速增长，人民群众生活水平显著提升。希望三星集团依托不断成长的国内消费市场，进一步扩大在津投资，建设模组、面板等生产研发基地，形成完整的电子信息产业链，进一步增强企业竞争力。天津市和滨海新区将一如既往创造良好投资环境，切实保护企业合法利益，更好服务企业发展。"

三星集团在天津累计设立了12家企业，投资总额近16亿美元，并吸引大批三星集团海外供应商来天津投资，对促进天津电子产业发展起到了重要作用。

加快特大型工业项目建设

2006年6月,特大型工业项目天津石化百万吨乙烯及配套工程在大港区打下了第一根奠基桩。

自这一天起,来自全国五湖四海的农民工兄弟相继走进"大乙烯"工地现场,为工程建设挥洒汗水与青春,"大乙烯"共有近两万名农民工参与现场施工建设,是天津市最大的外来务工人员集中地。

在这近两万名"大乙烯"农民工中,年龄大的已过而立之年,年轻的有刚20岁的毛头小伙子甚至"90后"。滨海新区给了他们从农村走进城市的"舞台",而他们也在这个"舞台"上追逐着自己的梦想。

来自甘肃省酒泉农村地区的小伙子赵海龙,2006年才21岁。他的父亲曾在天津打工多年,而从小受到父辈熏陶,渴望到大城市里来看一看、闯一闯的赵海龙在2009年年初由父辈的引荐来到了天津滨海新区,成了"大乙烯"千万吨炼油分部的一名电焊工。

初见赵海龙,这位年轻的小伙子身上带着更多的活力与个性,他自豪地指着身后数十米高的大型工程装置说道:"瞧,背后那个大家伙就是我建的,呵呵!"

赵海龙是上高中后出来打工的,来到滨海新区后,在工作之余喜欢听听歌、上上网,他会用QQ跟以前的同学朋友们保持联系，他会很认真地跟记者聊他喜欢的歌，与城市里的年轻人有着很多的共同点。

赵海龙说："我在上网的时候还经常查询本地的招工信息，并已经联系好了在'大乙烯'工程结束后继续去塘沽打工。"

在谈到自己的梦想时，赵海龙说他小的时候父亲和村里的许多人一起常年在外打工，每次父亲回来给他带来好多好吃的时候，都是他最高兴的时刻，父亲在城市里的见闻也让他对城市的生活充满了憧憬。

而当赵海龙追随着父亲的脚印来到天津滨海新区，他的视面广了，不想回家过种地的日子了，他更加感觉到自己渴望融入这个城市，梦想能够通过自己的打拼在这里生活下去。

刚来到"大乙烯"工地，赵海龙就忙着拜师学艺，他从电焊学徒做起，跟着施工队里的老民工们学习电焊技术，如今他已经能够跟师傅们一起进行电焊作业了。

虽然赵海龙所在的工程就要结束了，但他并没有回家的打算，为了提高自己的技艺，赵海龙拿出几千块钱的工资，报名参加了当地焊培中心的培训班，学习"氢电联合"电焊技术，而这也让他成了小队20多人中唯一一个报考这个技能证书的农民工。

赵海龙说："我曾经在报上看过自己所在的石化四建公司有一名农民工通过不断的自学和培训，拿到了足够的技能证书并转成了公司的正式员工，我很受鼓舞，希望趁着年轻的时候多学习、充电，不断提升自己，将来才能更好地融入城市，在大城市里生活下去。"

董海锋是"大乙烯"230 万吨延迟焦化装置项目施工队中的一位农民工，2008 年 7 月份来到了滨海新区"大乙烯"项目现场，而与他相恋的未婚妻也跟着他一起来到了滨海新区，两个人在这里一起打拼，他们希望通过自己的努力能够在这里买房安家。

年仅 25 岁的董海锋却是已经有着近 10 年打工经历的老资格农民工了，他来自素有"安装之乡"之称的山东肥城。

在 2000 年正在上高一的那年，由于母亲病重花了一大笔医疗费，董海锋退学开始了打工生涯。他的未婚妻夏丽是他的同乡，比他小两岁，他们才刚刚认识两年，可用董海锋的话讲："我们认识一个礼拜就订婚了呢，真有点儿电视里一见钟情的意思。"

2008 年 7 月 8 日，董海锋作为中国石化四建公司的农民工开始在"大乙烯"的工地现场打工，小伙子干活认真、人缘也不错，有了近 10 年工作经历的他担任了现场施工队一支小队的队长，管理着几十个农民工。

董海锋在工地上是负责框架和钢结构安装的铆工，只要不赶上雨雪天气，他每天都坚持来上班，有时候还会加班加点地工作，是工地上有名的"拼命三郎"。

有人问董海锋为什么干活这么拼命，小伙子嘿嘿地笑了："多挣点钱才能早点和夏丽结婚成家呢。"

滨海新区的建设项目特别多，工作好找，董海锋来到"大乙烯"工地没多久就介绍夏丽也来到了滨海打工，两个人一起在这里租了房子，也算有了一个初步的"家"。

开始时，夏丽跟着董海锋一起在工地上打工，干一些仓库器材保管这样比较简单的工作。

干了一年多的时间后，夏丽在大港发现很多商家收售十字绣，原来就比较喜欢针线活的她转行做起了十字绣生意，绣一些花花草草什么的，还绣"喜羊羊"这样的时尚动漫形象。

每天拼命干活的董海锋平均每月能挣到 5000 多块钱，夏丽的十字绣生意也越做越好，每月能赚 2000 多块钱，小两口也慢慢有了一些积蓄。

董海锋说："我和夏丽的梦想不仅是早点攒够钱结婚这么简单，我们最大的愿望是能够趁着滨海新区大发展的这几年，买一套属于自己的房子，真正在城市里成家立业。我们打算 2008 年年底先在家结婚，然后继续在这里打工挣钱，用这些年的积蓄在滨海新区买套房子。"

"空中客车"落户滨海新区

2007年5月15日,天津滨海新区临空产业区内,空中客车A320系列飞机天津总装线项目正式开工建设。

天蓝海阔,云空高远。一架硕大的空中客车A320单通道飞机模型周围摆满了芬芳盛开的各种鲜花。

这片被栅栏围护起来的60万平方米的土地上,插满了彩旗,中间是一条还在建设中的道路。天津总装线将依照空中客车德国汉堡最先进的单通道飞机总装线进行建设,在中国总装和交付的飞机与在欧洲制造的飞机的标准完全相同。

天津总装线项目工程总投资约80亿元到100亿元。主要包括专用的飞机总装车间、喷漆厂房、动力站、飞机库、室外设施、基础设施等7个子项,19个单体建筑及构筑物,以及相关设施,包括电、水、气、油供应系统。

出席开工奠基仪式的有:国务委员唐家璇、时任天津市市委书记张高丽、天津市市长戴相龙和空中客车公司首席运营官法布里斯·布利叶等。

唐家璇首先致辞。他在讲话中说:

合资建设A320总装线项目具有重要意义,

得到了中国和欧盟相关国家政府和领导人的高度重视。该项目充分体现了中欧经济技术合作"优势互补、互利共赢"的特色，是加强中国与欧盟战略合作伙伴关系的新成果。通过这一项目的实施，将促进中欧航空产业的共同发展，为中欧经贸合作持续发展注入新的动力，也有利于推动天津滨海新区的开发开放，带动区域经济发展。

空中客车公司首席运营官法布里斯·布利叶在开工仪式上表示：

今天，不论是对天津、中国民航业还是对空中客车公司来说，都是一个意义非凡的日子。我们非常高兴能够见证这一阶段性的重大成就，这将帮助我们首次实现在中国组装空中客车飞机。这不仅标志着空中客车与中国互利共赢的工业合作进入到一个更高的发展阶段，同时也充分体现了空中客车公司长期以来为中国民航业的发展所作的积极贡献。总装线的顺利开工，将帮助我们实现预定的目标，即到2008年8月开始总装，2009年上半年交付第一架飞机。我相信，交付飞机的那一天，对你们大家，对我自己，对空中客车，对中国民航业来说，又将是具有历史性意义的一天。

戴相龙说：

  今天，我们举行开工仪式，就是向全世界宣告空客A320系列飞机天津总装线项目正式施工，这是投资各方真诚友好合作的结晶，对于加强中欧战略合作具有非常重要的意义。空客A320系列飞机总装线落户天津，将进一步推动由中国民航大学、天津滨海国际机场、空港物流加工区、空港保税区和中国民航科技产业化基地所组成的102平方公里天津临空产业区的建设。天津市委、市政府将全力支持该项目的建设和发展，切实维护投资者的合法权益，为项目投产创造良好的外部环境。我相信，经过我们的共同奋斗，该项目一定会高标准、高质量地按计划建成投产并发挥效益，成为中欧成功合作、互利共赢的典范。

2008年9月28日，这是一个好日子。阳光灿烂，秋高气爽。天津滨海新区内的天津滨海国际会展中心一派节日气氛。以"新领军城市、新领军者年会"为主题的第二届夏季达沃斯论坛进行到了第二天，也就是最后一天。空中客车A320系列飞机天津总装线正式投产运营的日子，也选在了这一天。

温家宝和空中客车公司的总裁兼首席执行官托马斯·恩德斯都出席了投产仪式。

启动仪式的主席台，是一块舞动的红绸造型，代表着喜庆和吉祥。上面，镌刻着两个大大的毛体汉字"齐飞"。

背后的会场主板上，是一架 A320 飞机腾空而起的雄姿，寄寓着中法在航空产业技术方面合作的成功。

温家宝、托马斯总裁和张高丽一起启动了总装线的按钮。

两天前，来中国天津滨海新区参加夏季达沃斯论坛的托马斯总裁在接受新华社记者采访的时候说：

> 空客愿意参与中国的大飞机项目。我们不认为中国制造大飞机会对空客公司造成威胁。我们不害怕竞争。

滨海新区进行十大项目建设

2009年8月17日,胡锦涛对天津工作作出重要指示,提出"五个下功夫、见成效"的明确要求,希望滨海新区努力建成科学发展的示范区。

随着滨海新区进入由点到面、由局部到整体全面开发建设的新阶段,滨海新区正以攻坚战的方式打响"十大战役",进一步加大产业功能区开发建设力度。

这"十大战役"分别是:1.加快滨海新区核心区建设;2.加快响螺湾和于家堡中心商务区建设;3.加快南港工业区、轻纺工业园和生活区建设;4.加快东疆保税港区及其生活配套区建设;5.加快北塘片区建设;6.加快临港工业区建设;7.加快西部片区建设;8.加快中新生态城建设;9.加快滨海旅游区建设;10.加快中心渔港建设。

"十大战役"的打响,令滨海新区人备受鼓舞、干劲十足。

滨海人纷纷表达着自己对滨海新区形成一个建设新高潮的激动心情:"鼓舞人心,令人振奋!""我们一定要紧紧抓住千载难逢的有利时机,做好每一件事,从我做起,努力把滨海新区建成科学发展的示范区,把天津建设成一个崭新的、绿色的、欣欣向荣的国际大都市……"

在滨海新区企业工作的张磊博士十分看好新区的这种发展势头,他说:"有很多朋友都想到滨海新区来投资。"

张磊认为,"十大战役"将进一步促进新区投资环境的整体改善,而其浩大的声势,有助于进一步提振信心,拉动内需,刺激经济增长。张磊说:"此时,利用全球金融危机打基础是个'高招'!"

张磊津津乐道的是,过去各地发展总是注重追求生产总值,而此次滨海"十大战役"中,通篇都看出了"绿色"。他认为,打造"绿色"滨海新区,是为"低碳时代"做准备,同时将为未来中国经济探索新路。

滨海新区实施"十大战役"的消息传出后,对资本市场也带来了影响。这一消息刺激滨海板块市场表现活跃。次日早盘海泰发展、滨海能源等不同程度上涨。

滨海新区"十大战役"总投资将达到1.5万亿元,巨额投资背后的无限商机,正牵动着新区企业敏感的神经。随着新区"十大战役"的展开,新区企业将步入一个前所未有的发展机遇期。

海燕电线电缆制造有限公司总经理王洪庆说:"我们刚有一批产品运送到于家堡的工地。"

作为天津开发区的老牌企业,海燕公司一直重视"家门口的市场",王洪庆表示,充分利用滨海新区的投资热潮,抓住几大行业的配套,此刻的海燕前景很好。他说:"现在开发区的一些地产项目,使用的都是我们的产品。我们正在积极争取参与中新生态城建设。"

市第十一届政协常委、天津社科院研究员张春生表示:"'十大战役'如果能有文化项目体现出来将会更好。"

张春生认为,"十大战役"不仅是天津建设的重点,也是滨海新区的加速器。这符合国家对滨海新区的定位,是市委、市政府"保增长、渡难关、上水平"的重要举措。项目的布局使滨海新区的结构建设得到进一步提升。

张春生表示,在滨海新区发展到一定水平后,行政规划和经济建设、区域规划会有一些不协调之处,通过实施"十大战役",这一情况将会得到改善。从"战役"的内容来看,城市环境建设和项目建设得到了很好的协调,既有旅游区,又有港区,既有保税区,又有轻纺工业园等,"点、线、面"结合,非常全面。

在新区建设工地,各种工程车、运输车辆忙碌穿梭,脚手架搭建得密密麻麻,一片片如火如荼的建设场面,更多感受到的是新区建设者高涨的热情。

于家堡金融区起步区的6个项目都已开工,并与8家国内外企业签订合作框架协议;临港工业区项目建设大步推进,航道码头加快建设,5万吨航道获得国家批复,并启动10万吨航道疏浚工程;北塘片区综合开发建设进展顺利,海鲜街即将开街纳客……

为确保新区"十大战役"顺利进行,滨海新区核心区、北塘片区、南港轻纺工业园等几大指挥部陆续到位,泰达控股、天保控股、海泰控股、滨海建投等几大集团军整装待发，多种渠道的融资已全面展开。围绕"十大战役"，滨海新区还将按照国家确定的功能定位，加快基础设施建设，构筑高层次产业结构，提高自主创新能力，完善配套政策体系，亮化美化城市环境，努力构筑新优势，实现新突破。

天津滨海新区重拳推出"十大战役"，为新区创造了新商机。在全球逐渐走出危机阴影、中国经济率先步入复苏通道之时，"十大战役"不仅描绘了令人震撼的美好蓝图，更注定要在这个夏天成为最热的投资话题。

在通往中新天津生态城的汉北公路旁，一片崭新联排别墅群吸引了人们视线。这片由新加坡吉宝集团旗下公司开发的住宅项目是随着生态城落户滨海的。

该公司人员说："正是有了生态城，才使得这片土地变得如此具有吸引力。"

在与滨海新区遥相呼应的上海浦东，同样有一群目光敏锐的投资者捕捉到了"十大战役"的硝烟四起。

曾连续来津参加融洽会、在上海从事私募股权投资的高级经理人保罗最近致电询问于家堡金融区的相关规划和招商定位。

当保罗详细了解于家堡金融区的建设情况并看到效果图之后，他的第一反应就是："这里未来的发展潜力是惊人的，多年之后，令世界瞩目的中国北方金融城无疑属于滨海新区！"

四、加速发展

- 王芳说:"因为看好新区的发展,才选择来天津工作。新区是中国乃至全球经济的热点之一,有很多优势,包括成本、土地资源、港口、工业基础等……"

- 于志忠说:"我们一家已决定尽快到滨海新区安家。同时,公司计划将投资滨海新区,建设海绵钛加工企业,在近期内做进一步论证后实施。"

- 张高丽说:"经济的竞争,说到底是科技和人才的竞争。加强与科技部和国家级科研院所的合作,是加快天津科技进步和创新、增强综合竞争力的战略选择。"

新区利用外资经济持续增长

2002年,来自英国的斯蒂夫第一次来到中国,他在大陆几个城市都工作过;2007年,他第二次来到天津滨海新区,并一直在这里工作。

斯蒂夫已经是一家英国独资公司的中国区总经理了,坐落在第九大街的艾孚美思自动化技术有限公司就是由他一手创办的。

2007年底,斯蒂夫第二次来到中国,他准备建立自己的工厂,为此他考察过中国很多城市和新建开发区,最后选定天津泰达。

除了开发区管委会对外资企业的诸多优惠政策非常有吸引力之外,斯蒂夫也深深地被泰达的生活工作环境所打动。

泰达的工作氛围很好,外资、合资企业纷纷入驻,大批的外国人来此工作和生活,给这个年轻而充满希望的地方带来了前所未有的活力。

大城市可能更适合购物或者聚会,滨海新区作为一个新兴的经济开发区,基本的生活和工作需求都能得到满足。

滨海新区的人流、物流、信息流正在快速流动,这为滨海新区带来了巨大的经济财富,也为滨海新区的发展带来了新的活力与潜力。

在这其中，人才的流动是最重要的一个环节，人才不仅仅带来了新的信息、新的管理经验、新的技术支持，也为滨海新区的建设带来了新的动力。

滨海新区是天津外国人较为集中的地方，随着区域国际化程度的不断提高，已经有来自 33 个国家和地区的 2200 多名外籍人士在泰达工作和生活。

外商投资对开发区经济的飞速发展起着重要作用。2008 年，开发区新批的外资企业达到了 133 家，增资外资企业 192 家，其中 1000 万美元以上项目达到 86 个。

大规模的外商投资为开发区带来了众多外来客，他们中有人是外企高管，有人是高级技术人才。开发区管委会还设立"泰达特别贡献奖"，颁发给对开发区的经济、科技及文化事业的发展作出突出贡献的外籍人员和港澳台胞。

随着外国人的增多，滨海新区的配套设施也逐渐完善。开发区已建立多个涉外居民社区、涉外学校、酒吧、高尔夫球场等。

在泰达生活工作的这段时间，斯蒂夫认识了很多来自世界各地的朋友，因为有了这些怀揣同样梦想的人，他也更喜欢泰达了。

斯蒂夫不会讲汉语，但可以听懂一些简单的日常用语，他说他正在努力学习汉语，希望有一天能讲一口流利的汉语，结识更多的中国朋友，成为一个"中国通"。

白天繁忙的滨海新区，在夜晚的霓虹灯下，便显出它生活化的一面，散漫闲适、婀娜多姿。

斯蒂夫说："以前，开发区一到夜间几乎变成空城，在这里工作的人下班后便乘车回天津市区，夜生活并不丰富。如今，一到21时，寂寞了一整天的酒吧迎来它的'黄金时间'。"

泰达的酒吧文化逐渐发达，众多酒吧遍布开发区黄海路、第二大街及第三大街，这些酒吧面积不大，但各具特色。来自世界各地的人们在夜晚聚集于此，让这里演变成一种集社区和家庭为一体的开心地。

斯蒂夫说："不管你来自哪个国家，不管你是老年人还是年轻人，都可以在这里找到快乐！"

斯蒂夫说："对我和我的家庭来说，在中国居住是一种有趣的体验。在泰达工作的两年让我亲身参与到滨海新区开发开放的大潮中来，也为我的工作带来发展机遇。那么多的事情在中国进行着，我认为没有任何一个地方比泰达更让我想停留。"

工厂建起来之后，斯蒂夫把妻子也接来泰达，在这里度过两年后，他对开发区的热爱已经是任何方式都不能降低的了。他说："中国是一个充满活力的国家，让外国人充满兴趣，天津人从不吝惜自己的热情，而不断发展变化的滨海新区更有让人无法想象的潜力等待我们去开发。"

斯蒂夫希望开发区再建一些更好看的房子，他想在这里买一栋房子，这样就更像一个家了。

过一段时间斯蒂夫要回英国，之后开始一项新的业务。他在英国成立一个咨询公司，向英国企业介绍天津滨海新区，并为他们来这里建厂或投资提供服务，也让更多的英国人了解泰达，了解滨海新区。

说起泰达最让他不能割舍的是什么时，斯蒂夫说："FMC，这个工厂就像我的孩子，我将所有精力和心血都给了它。总之，天津滨海新区有我的事业，也有对未来的期许，我希望它未来的发展越来越好。"斯蒂夫的回答带着微笑。

据天津政务网公布的滨海新区历年主要经济指标显示：2006年，滨海新区直接利用外资合同金额61.8亿美元，同比增长24.04%；实际利用外资金额33.45亿美元，同比增长31.13%。

2007年，滨海新区直接利用外资合同金额76.68亿美元，同比增长24.1%；实际利用外资金额39.24亿美元，同比增长17.3%。

2008年，滨海新区直接利用外资合同金额91.86亿美元，同比增长19.8%；实际利用外资金额50.77亿美元，同比增长29.4%。

2009年上半年，滨海新区直接利用外资合同金额51.39亿美元，同比增长9.5%；实际直接利用外资金额27.38亿美元，同比增长19.5%。

滨海新区会聚各方英才

从 2004 年开始,身为天津人的王健英在"不熟悉"的滨海新区打拼,并逐渐深深地爱上了这片土地,他说:"这证明了自己当初的选择是对的。"

王健英是 1999 年上的大学,在哈尔滨工程大学读机电工程专业,2003 年本科毕业。2004 年 3 月,他开始找工作。

第一份工作要在哪里开始,王健英想过去北京,因为那里有很多机会;他想过去青岛,因为那里环境不错……

直到有一天,滨海新区进入了他的视线。

王健英说:"我当时对滨海新区并不了解,只是听说它很好,但是具体好在哪儿不是特别清楚。听说当时滨海新区已经有很多企业聚集,发展势头非常好。"

在一次招聘会上,王健英发现了一家滨海新区的德资企业,其所从事的业务非常符合自己的专业,于是他投了简历。

王健英本想去技术部门,可是当时人实在是太多了,他便把简历投到了另外一个部门,但表示还是想进技术部门。没过多久,王健英接到了面试通知。

公司看了王健英的简历后,觉得他还是适合做技术方面的工作，于是安排他参加技术部门的面试。随后，王健英获得了第一份工作。

王健英说："为了留住人才，我们公司出台了很多措施，而滨海新区在这方面也有很多很好的政策。"

谈到滨海新区的发展变化，王健英还有一点特别深刻的体会，他刚到滨海新区工作时，公司旁边连个大超市都没有，生活区的配置也一般。

王健英说："现在，我们公司旁边已经有几家大的购物商场，买东西很方便。其他生活服务设施也越来越健全。"

王健英接着说："以前，我们的外国同事只知道有天津公司，却不了解天津这座城市。现在，当我们谈起天津时，他们总会竖起大拇指说'天津，好地方'。滨海新区让世界更好地了解了天津，看到了在这里的机遇和潜力。"

王健英经常要出差，刚开始的时候，天津机场的航班比较少，所以他经常要到北京去坐飞机。那时候去北京机场，路上经常要3个多小时。现在，天津机场的航班已经越来越多，他也很少到北京去坐飞机。即使偶尔到北京坐飞机，现在有了京津城际，花在路上的时间已经大大缩短，为出行提供了极大的方便。

据滨海统计分局介绍，随着开发开放的全面推进，滨海新区人口聚集明显提速，截至2008年底，常住人口达到202.88万人，比2007年同期增加30.64万人，增长

17.8%，新增人口占全市人口增量的 50.2%；外来常住人口比 2007 年同期增加 30.82 万人，增长 59.3%，占全市外来人口增量的 58.2%。

经济增长、产业发展是促进人口聚集的主要原因。滨海新区开发开放纳入国家发展战略以后，生产总值保持 20% 以上的增幅，2007 年更是达到 23%，创造了大量的就业机会。

高端人才成为新增人口的重要组成部分。滨海新区共有博士后科研工作站 59 个，博士后创新实践基地 9 家，培养出站博士后 54 名，承担国家级课题 6 项，省部级课题 31 项，获得专利 65 项。

滨海新区历年累计引进高级人才 620 名，海外留学归国人员 3600 多名，外籍专家 2000 名，人才聚集效应初步形成。

津台直航带来新商机

2008年12月15日上午，海峡两岸海空直航首航典礼在天津港东疆保税港区和天津滨海国际机场先后举行。同时，台湾方面这天上午在高雄港也举行长荣海运"立敏轮"两岸首航仪式，目的港为天津港。

海峡两岸"大三通"终于圆梦。

此次担任首航任务的是中远公司，天津港是我国北方最大的综合性贸易港口，天津港东疆保税区是全国面积最大的保税区。

津台直航为两岸人民的交流建立了一条纽带，也为两岸经贸合作开辟了一条通道，这是两岸同胞的最大幸事。欢迎更多的台湾企业来津发展，促进津台优势互补，实现互利共赢。

礼花齐放，汽笛长鸣，彩旗花带，鸥鸟纷飞。轮船长孙声远驾驶着载重量6.8万吨的大型集装箱船"新烟台"轮，劈开层层浪花，从天津港驶向台湾基隆港。全程预计48小时，比过去绕行香港或日本石垣岛等第三地进行单证转换后再驶往台湾，大约节省一天时间。

同时，载货量更大的11.5万吨级的中远"大洋洲"轮，也驶向台湾高雄港，成为历史上靠泊高雄港的最大集装箱货轮。

津台直航，商机涌动。配合两岸直航，12月14日至16日，天津召开了首届津台投资合作洽谈会，意在充分发挥天津滨海新区的区位优势和产业优势，展示天津良好的投资环境和建设发展新形象，深化津台经济交流合作，促进津台两地互利双赢的宝贵机遇。

璀园光电LED项目、塘沽台湾工业园、"和平大厦"、空港地产项目、台湾大成集团亚洲农畜及饲料研发中心、妈祖经贸园项目、天津文化商贸产业园和桐化工等共22个项目签约，其中落户到滨海新区的签约项目达12个，投资额111.924亿元人民币，占签约总额的54.55%。

多年来，天津坚持"同等优先、适当放宽"原则，积极发展与台湾的经济交流与合作，成效显著。已先后吸引台资企业2014家，合同投资总额81.81亿美元，经济总量约占全市三资企业总量的6%，吸纳从业人员约占全市外资企业从业人员总数的12%。

很多台湾大企业看好天津，中芯国际、富士康等行业代表性企业纷纷在津布局并取得良好发展。

自2005年以来，天津每年接待台湾经贸考察团组70个以上。妈祖文化旅游节和天津投资贸易洽谈会每年都吸引数以万计的台商来津考察。

为了让来津台商安心创业，天津市先后出台教育和社会保障等优惠措施，让台商及家属享受同等的市民待遇，彻底解决他们的后顾之忧。

在大陆的约7万家台企中，环渤海地区的台企占总数的十分之一，约 7000 家。而天津台企占了 1800 多家。天津，也是内地台商投资回报率最高的地区之一。

最有名的就是"顶字号"的系列食品加工企业，名下有康师傅方便面、康师傅矿泉水、食用油等品牌享誉海内外。天津吸引台资保持两位数的增长，台资盈利企业保持在 65% 至 80% 之间。

12 月 19 日 10 时 40 分左右，阳光拨开薄雾，两岸海运直航后第一艘来津的货轮台湾长荣海运"立敏"轮在两艘驳船的牵引下，抵达了天津港五洲国际集装箱码头有限公司 36 号泊位。

执行首班航运任务的"立敏"轮船长陈信良激动地说："我能够执行这次航班，感到非常荣幸。在得到消息后，出航前三天我就睡不好了。"

新区开发显示示范效应

2009年1月至6月，滨海新区地区生产总值为1576.83亿元，按可比价计算增长23%。

1月至6月工业总产值：滨海新区为3719.2亿元，增长10.5%。

1月至6月全社会固定资产投资，滨海新区达到1065.86亿元，增长55.1%。

拥有南开大学双博士学位的王芳是滨海新区管委会经发局挂职干部。她有着一段特殊的"迁徙"经历。

1998年至2000年，王芳在澳门学习，频繁往来于澳门与珠三角之间。毕业后，正值浦东快速发展，她最终择业于上海的金融机构，并安家上海。博士毕业后，她作出了人生又一个重大决定，北京安家，天津工作。

王芳说："因为看好新区的发展，才选择来天津工作。新区是中国乃至全球经济的热点之一，有很多优势，包括成本、土地资源、港口、工业基础等。浦东和深圳相对来说，开发建设已进入成熟期，而滨海新区还在一个上升期，有很大的空间。"

王芳的选择得到了印证。

滨海新区依托北京、天津两大直辖市，背靠"三北"，面向东北亚，拥有深水港口，航线可通达180多个国家、地区和 400 多个港口；拥有国家级开发区、保税区、海洋高新区、出口加工区等对外开放区域。经过多年积淀，滨海新区已形成电子信息、汽车制造、石油和海洋化工、优质钢材、生物技术医药等主导产业。

2008 年，滨海新区工业总产值比 1993 年增长 30 倍。截至当年，120 多家世界 500 强企业在滨海新区投建 230 家企业。航空航天、新能源新材料、国防科技等新型优势产业正加快向滨海新区聚集。空客 A320 飞机、新一代大火箭、百万吨乙烯、百万吨 PVC、300 万吨造船、120 万辆汽车、1.5 亿部手机等一批产业基地正加速形成。

2009 年，天津国际航空航天展洽会在滨海新区开幕，紧随其后，第一架空客 A320 飞机交付使用，一飞冲天……

一个个大场面，见证着滨海新区的腾飞。

2009 年，坐落于滨海新区的天津港博览馆迎来一位"特殊游客"，年逾 8 旬的天津港退休职工樊有亭。

樊有亭从 20 世纪 60 年代起便在天津港工作，见证了天津港的成长。他的妻子是当年天津港首支女子装卸队的队员，后来儿子樊中华也在天津港工作，从事设施服务。

偌大的博览馆内，千余件展品重现了天津港的历史变迁。距劳模展台处不远，展出的是新港重新开港后港口建设者使用过的抓钩、穿过的破旧棉袄等物，一件件，樊有亭都看得很仔细。

樊有亭感慨地说："长钩抓盐袋，短钩抓麻袋，现在不用了……"

正说着，一家人来到天津港新展区，建设中的东疆港保税区、已投入运营的30万吨级原油码头。现代化的国际大型港口，让樊有亭感慨不已："我刚来天津港的时候，年货运量不过200万吨，但如今一艘船就可达到近30万吨。"

天津港集团有限公司董事长于汝民介绍说："天津港1952年重新开港，年吞吐量不足74万吨。50多年来，天津港经历了3次历史性跨越。1974年，天津港吞吐量突破1000万吨。14年后，天津港吞吐量突破2000万吨。2001年，依托于滨海新区以及腹地经济的快速发展，天津港成为中国北方第一个亿吨大港。"

从吞吐量突破1000万吨到突破2000万吨，天津港用了14年。而在2001年吞吐量突破一亿吨后，仅过3年，天津港成为北方唯一的两亿吨大港。

2007年，天津港吞吐量突破3亿吨，仅一年，天津港再跨5000万吨台阶，达到3.56亿吨。

2009年6月23日，滨海新区空客A320天津总装厂房内，首架在天津总装的空客A320客机正式交付川航。

这一天，距离2008年9月28日空客厂房在滨海新区投产不到一年时间，而距2007年5月15日总装线项目开工，也只有短短两年多。

空中客车公司总裁兼首席执行官托马斯·恩德斯对

此给予高度评价，他激动地表示："空中客车 A320 系列飞机天津总装线的成功建设及首架飞机的成功交付，是空中客车公司与中国及中国航空工业长期战略伙伴关系的又一重要里程碑。"

机身上绘有"中华龙"的首架空客 A320 飞机一飞冲天，也是新时期"滨海速度"的最佳诠释。

2003 年，滨海新区生产总值迈上千亿元台阶，达到 1046.3 亿元。在此基础上，仅用 5 年时间便达到 2364.08 亿元。

2008 年，滨海新区生产总值已跨越 3000 亿元台阶，达到 3102.24 亿元，占天津生产总值总量 48.8%，成为全市最大的经济增长点和促进区域发展的重要力量。

在此基础上，2009 年上半年，尽管有国际金融危机的阴影，但天津的生产总值增长仍达 16.2%，而滨海新区的生产总值增速更是高达 23%。

一座经济繁荣、社会和谐、环境优美的宜居生态型新城区正在崛起。

有人说，衡量一座城市的开放度，会展业是一个重要的"晴雨表"。据滨海新区国际会展中心有关负责人介绍，自 2007 年起，滨海新区举办国际性会展的数量每年保持 30% 的增速。

2008 年 9 月 26 日至 28 日，第二届夏季达沃斯论坛暨世界经济论坛第二届新领军者年会在滨海新区举行。该论坛是中国承接的规模最大、规格最高、影响最广的非官方经济论坛。

在全球经济低迷、次贷风波愈演愈烈之际吸引了全球90个国家和地区的1500多名代表共话全球经济热点问题，探讨解决问题的方案。

2009年4月，在国际金融危机背景下，2009年中国·天津国际航空航天贸易展洽会在滨海新区开幕，吸引了法国空中客车、美国波音以及加拿大庞巴迪在内的364家世界航空企业参展，让参展主办方之一的法国BCI国际商务集团为之惊叹。随后，滨海新区正式成为天津国际航空航天展洽会的永久举办地。

除展会外，2009年滨海国际会展中心举办的国际性的高峰论坛有20余个。

蓬勃发展的会展业，展示出的不仅是滨海新区现代服务业的飞跃发展，也标志着滨海新区向宜居功能城市的高速迈进。滨海新区接踵而至的国际性高峰论坛以及知名会展，正加速推进滨海新区与世界的接轨与融合。

2009年8月10日，对于内蒙古百斯特钛业有限公司总经理于志忠来说，是一个难忘的日子。因为一趟滨海"考察之行"，让他有了一个意外决定：在滨海新区买房，并安家于此。

这一天，于志忠带上妻儿，从老家沈阳赶来滨海新区，一个重要的目的就是考察滨海新区的投资环境，同时给在沈阳航空大学学习航空发动机维修专业的儿子打探一下滨海新区的就业信息。

操着一口东北口音、说话快言快语的于志忠说:"我所在的公司主要从事海绵钛的初级产品加工,包括钛锭、钛板、钛管等,作为市场前景广阔的一种新型金属材料,钛因具有防腐、防锈、防酸碱、材质轻等特点,有着第三代'金属'的美誉,在海洋化工、航天等领域应用价值巨大。"

基于这一特点,于志忠十分关注海洋化工、航空航天产业快速发展的滨海新区。

10年前,于志忠曾来过天津开发区。狭窄的道路,不成规模的城区令他印象不佳。

10年后的2009年4月,滨海新区举办2009中国·天津国际航空航天贸易展洽会,作为应邀与会客商,于志忠在新区度过了两天的短暂商务之旅。

这次于志忠所见的滨海新区,崭新的高楼拔地而起,道路宽阔,特别是以空客A320为代表的航空产业快速发展,令他刮目相看。由于公司业务繁忙,对滨海新区怀有几分恋意的于志忠只得匆匆返回。但再次到滨海考察投资的想法一直萦绕在心头。

于志忠趁儿子放暑假,经与妻子商议,一家人最终相约在8月10日再次来到滨海新区。

于志忠一家人考察路线安排得既紧凑,又略带几分休闲。气势恢宏的天津港博览馆、航运繁忙的五洲国际集装箱码头、设施先进的塘沽响螺湾规划馆等滨海新区重点发展区域,在于志忠心中勾勒出的是另一幅滨海新区新图景,而选择在滨海新区投资、安家的意愿更为强烈。

接待人员专程安排于志忠到空港物流加工区与招商引资机构航空产业支持中心展开合作洽谈,并探看了开发区、塘沽区的房产行情。一天的行程虽短,但滨海新区的独特魅力给一家人留下难忘的印象。

于志忠用肯定的语气说:"我们一家已决定尽快到滨海新区安家。同时,公司计划将投资滨海新区,建设海绵钛加工企业,在近期内做进一步论证后实施。"

像于志忠一样的参观考察者,频繁光顾滨海新区,甚至由此催生出"考察参观商务接待"这一市场新行当。

2009年6月初,被视为滨海新区接待服务外包新探索的滨海新区首家区域商务接待公司三艾商务交流有限公司正式投入运营。

商务交流公司负责人高柳说:"据滨海新区有关部门统计,仅2008年,滨海新区接待的各类考察团人数就突破两万人,大量考察人员给政府有关部门带来巨大压力。同时,分散的商务游资源因缺乏有效整合,影响接待质量。而借助于市场途径,探索接待服务外包已成发展趋势。"

该公司在初步整合区内各类商务、接待资源基础上,已开发出一至三日参观考察等多条路线,实现了对开发区、天津港保税区等功能区,以及中新生态城、空港物流加工区、响螺湾中心商务区等区域的初步覆盖。

同时，该公司还建立了专门的网站"滨海新区参观考察网"，并可根据参观考察方需求量身定做接待方案及产品。

该公司仅仅运行一个多月，就已经接待来自河北、山东、四川、重庆、广东、湖北等地的 10 余个参观考察团。公司主网站滨海新区参观考察网点击率不断攀升，咨询热线也接连不断。

8月6日，湖北省武汉市土地资源管理局及武汉三江兴隆投资公司共 9 人到滨海新区参观考察。在塘沽海洋高新区展览馆，一行人索要了关于区内建设的书面介绍，认为海洋高新区的规划建设值得借鉴，回到武汉也要把所学用于指导当地建设。

7月31日，湖南常德市机关干部在清华大学培训中心学习期间，专程到滨海新区参观考察，并特意到闻名遐迩的塘沽洋货市场一逛，原来他们的家乡正在筹建步行街，而这次洋货步行街的实地"踩点"，再加上资料照片，使洋货市场这一站成为商务考察的行程之一。

7月21日，深港产学研基地培训中心组织其学员来滨海新区。中新天津生态城、于家堡金融区成为他们关注的热点。

7月16日，山东烟台建设集团一行 7 人来到滨海。烟建集团是集建筑施工、建筑设计、房地产开发等多种项目于一体的大型综合性建设企业，此次来滨海新区正是为在该地区的投资项目进行实地考察。

滨海新区管委会提供的相关信息再次佐证了滨海新区接待参观考察的火暴：全国已经有31个省区市都有考察团来访，几乎所有的国家部委都曾组团前来考察，还有美国、日本等20多个国家和地区也派出了考察团，来到滨海新区展开合作交流。

到滨海新区考察参观人员包含了多个行业和多种类型，如外商投资团体、各兄弟省市政府机关、各大型央企、各高校、海外华人团体、留学生、外国及国内记者等。

滨海新区工委宣传部一位工作人员说："只要是来天津参观考察的人士基本上都会到滨海新区看一看。"

到滨海新区参观考察，将最终落实到经验的学习和模式的复制。

山东潍坊北部沿海开发不仅学习了"滨海新区经验"、复制了模式，甚至连名字也被直接加以"拷贝"，学习借鉴滨海新区经验可谓独树一帜。

潍坊既是山东规划的半岛高端产业聚集区4个城市之一，又是半岛蓝色经济区7个前沿城市之一，经济发展的角色十分重要。

为破解经济发展中的土地资源瓶颈，实现区域经济的协调和可持续发展，潍坊近年把目光盯向了北部地区广漠的盐碱荒滩，并酝酿北部开发。由于没有成熟经验，名气响当当的天津滨海新区吸引了潍坊的浓厚兴趣。

2005年6月，在温家宝考察天津滨海新区不久后，潍坊迅速派出了一个庞大的考察团来到滨海新区，展开全方位的考察论证。

考察后，潍坊立即行动，经借鉴滨海经验以及滨海开发的成功模式，很快成立了统一的开发指挥机构，着手建立区域性的行政机构，并规划了寿北、潍北、昌北三大板块，总共配套面积达到 200 平方公里，而开发区域的名称就直接命名为潍坊"滨海新区"。

根据规划，在 3 年内，潍坊将在 3 个新板块完成 1000 多亿投资，截至 2009 年 7 月底，潍坊"滨海新区"开发投资势头不减，投资在建的 5000 万元以上项目有 141 个，其中，过亿元的 92 个，过 10 亿元的 9 个，100 亿元左右的 4 个，总投资超过 800 亿元，项目聚集效应已经显现，一座滨海新城也正在加速建设。

对于加速建设潍坊"滨海新区"的初衷，潍坊市委书记张新起直言："在区域一体化方面，潍坊就是要着眼于北部地区积极对接天津滨海新区。我们首先要把自己的事情做好，才能顺利地融入天津的圈子，我们才有资格和天津合作。"

不只山东潍坊，滨海新区成功的开发经验以及发展模式还被越来越多地借鉴到国内各地，正发挥着巨大的示范效应。

成为中欧合作最佳连接点

2009年5月初,为期两天的第八届中欧工商论坛在滨海新区落下帷幕。与会政要、工商界代表和专家学者一起为如何加快滨海新区与欧洲合作出谋划策。

德国前总理格哈德·施罗德说:"在全球性金融危机面前,只有中国和欧洲同时稳步发展,才能实现世界的和平稳定。"

施罗德对逆势而上、蓬勃发展的天津印象深刻。他充分肯定了中国在应对全球金融危机中发挥的出色作用。

施罗德认为,金融危机远未见底,影响还将继续蔓延。当前世界各地都在迎战金融危机,今后欧洲与中国应该更加密切交流协作,不仅要创办更多的合资企业,而且要在文化、体育、教育等诸多领域,实现优势互补。在可再生能源及清洁生产领域,德国有许多先进技术,可以跟中国企业共享,共同为加快世界环保进程作出贡献。

法国前总理、前国民议会议长洛朗·法比尤斯表示:"伴随空客A320等航空航天项目落户滨海新区,天津成为中欧合作的典范,今后,天津和法国可以在环境保护、生态城市建设等方面进行更深层次的合作。在应对危机方面,中国和欧盟国家已经成为利益共同体。双方必须携起手来，加强在经济、科技、文化、环保以及青年人的交流与合作。"

在"新金融架构下的中欧合作"专题论坛上，中国社会科学院金融研究中心研究员高伟凯特别指出，从长远角度看，当前金融危机的背景对推动中欧在金融领域的合作十分有利，因为欧盟是第一大进出口市场，双方应在货币结算方面积极尝试欧元结算，这将有力推动人民币国际化和欧盟企业获得更多利益。

同时，中欧还要加强债券市场合作，当前欧盟债券市场的发行量占全球市场的35%，中国购买欧盟债券也符合多元化外汇储备要求。

就滨海新区如何在中欧合作中寻找新的机会，高伟凯认为，中欧合作中天津的产业对接可以是双方强势结合，也可以是出于欧洲产业转移的需要或是对特殊趣味和市场的需求。

高伟凯说："就目前现状而言，两地的电子、汽车及装备制造业、冶金、化工、食品及物流、金融、医疗会展等现代服务业都是重点发展的产业，产业对接领域很宽，根据各行业特点选择最优对接方式，就能实现双赢目标。"

在"天津滨海新区开发开放与中欧合作"专题讨论中，天津开发区和航空城的飞速发展及广阔前景令与会嘉宾兴奋不已。

中欧国际工商学院名誉院长刘吉表示："滨海新区应

该更好地学会一方面要用欧洲人的思维和语言去推介滨海新区，同时还要在'滨海特色'上做足文章。对于天津的企业而言，欧洲市场有着不可估量的商机，应该学会利用自身的优势走捷径，例如先进入东欧市场，然后再向西欧大举进军。"

能说一口流利的汉语，中欧论坛创办人高大伟在本届论坛上成为媒体追逐的"明星"。

高大伟表示："如今的天津滨海新区国际影响力和知名度举世瞩目，正日益成为新一轮全球投资的关注所在地。德国 SEW、丹麦丹佛斯等位列世界 500 强的欧洲企业都在此实现了快速发展。在国际金融危机蔓延的大背景下，天津滨海新区逆势而上，发展势头强劲，这非常值得全球特别是欧洲企业借鉴。本次论坛将给欧洲各国提供一次了解滨海新区的绝佳机会，而滨海新区则将通过论坛吸引全球更多关注目光。"

会上，中外嘉宾们深入探讨加强中欧合作、面对全球挑战的必要性和前景，并一致认为，天津滨海新区凭借强大产业优势和优良政策环境，将成为中欧合作的最好连接点。

加快发展生物制药产业

2009年6月,为充分利用国际生物经济大会在天津滨海新区召开这一平台,吸引更多的生物医药企业来津投资发展,时任天津市副市长王治平主持召开国际生物经济大会参会企业座谈会。

中国生物技术集团、罗氏制药、诺华中国研发中心等国内外30余家知名生物医药企业负责人参会。

会上,王治平介绍了当前天津经济社会发展情况和滨海新区开发开放取得的新进展,重点介绍了天津生物技术和现代医药产业发展的基础、优势和规划,希望参会企业抢抓难得机遇,来津投资合作,谋求更大发展。

滨海高新区、开发区等有关单位分别介绍了各自的投资环境和扶持政策。参会企业分别就所关心的问题,与市有关部门和单位进行交流并表达了来津投资创业发展的意向。

7月29日,天津滨海新区管委会表示,滨海新区瞄准国际生物医药产业发展前沿,加快发展现代生物医药产业,预计在5年内形成500亿元的产业规模。

滨海新区重点规划了10平方公里的京津冀生物医药产业化示范区,计划在5年内投资100亿元,建设符合国际标准的生物医药产业基础设施和产业孵化平台,最终带动并形成 500 亿元的产业规模。

期间，滨海新区还推出了 100 项生物医药研发转化重大项目，并聚集了 100 家左右企业和研发机构，引进 200 名海内外创新创业人才共襄盛举。

为加速产业聚集，滨海新区筹备设立 50 亿元"生物医药产业发展基金"，支持滨海新区生物医药企业发展。天津市科委每年将安排不低于一亿元的生物医药研发转化专项资金，用于支持新药研发与转化，安排资助额最高达 1000 万元。

天津市政府还设立了示范区创业领军人才专项资金两亿元，对符合条件的领军人才给予 200 万元的启动经费、100 万元安家费及风险投资支持等优惠措施；对到滨海新区创业的国内外生物医药领域优秀人才及项目给予 50 万至 100 万元启动经费的支持。

滨海新区已经聚集了包括大型生物医药制造企业、传统中医药生产企业、生物医药孵化器和医疗器械企业在内的 100 多家企业，产业规模近 100 亿元，年均增长率接近 40%。

2009 年 8 月 15 日，由天津市和科技部共同举办的百家国家级科研院所天津恳谈会在万丽泰达酒店会议中心召开。

106 家国家级科研院所负责人与天津方面围绕加强在科技研发、自主创新、人才培养和引进，以及滨海新区开发开放等领域的合作进行深入交流洽谈。

市委副书记、滨海新区管委会主任何立峰和副市长王治平分别介绍了滨海新区开发建设情况和本市产业发展与自主创新情况。

市委常委苟利军主持,市委常委、市委秘书长段春华和市政府秘书长李泉山及有关方面负责人参加会见或出席恳谈会。

张高丽代表市委、市政府对科技部和各科研院所给予天津的帮助和支持表示感谢。

张高丽说:

> 国家级科研院所是我国科技实力和水平的代表,为国家和地方现代化建设作出了重大贡献。经济的竞争,说到底是科技和人才的竞争。加强与科技部和国家级科研院所的合作,是加快天津科技进步和创新、增强综合竞争力的战略选择。
>
> 这次恳谈会,为密切双方联系搭建了重要平台。希望各科研院所充分发挥科技资源雄厚的优势,深化与天津的合作,推进产品和产业创新。我们将以一流的环境与服务,全力支持国家级科研院所在天津发展。

杜占元说:"近年来,天津市委、市政府大力推进科技创新,取得显著成效。滨海新区开发开放,需要充分利用各类科技资源，广泛聚集各类科技人才，为广大科研院所创新发展提供了广阔空间。各科研院所要针对区域发展的现实需求，结合自身优势，积极参与滨海新区开发开放，为推进国家发展战略提供有力的科技支撑。"

恳谈会上，中国运载火箭技术研究院、机械科学研究总院、中国钢研科技集团负责同志分别发言，表示将充分发挥在科技、人才等方面的资源优势，全面加强与天津的合作，扎根天津，服务天津，为落实国家发展战略，推进滨海新区开发开放作出应有贡献。

本书主要参考资料

《充满生机与活力的天津滨海新区》荣华主编 天津人民出版社

《天津滨海新区金融自主创新研究》孙森主编 中国金融出版社

《第三极：天津滨海新区发展纪事》刘功业著 天津人民出版社

《可持续发展中的科技创新：滨海新区实证研究》赵宏等著 科学出版社

《中国"第三极"战略：天津滨海新区开发开放研究》李家祥主编 天津人民出版社